日の下で

HINO SHITADE

上羽清文
UEBA Kiyofumi

文芸社

日の下で

「空の空。伝道者は言う。空の空。すべては空。
日の下でどんなに労苦しても、それが人に何の益になるだろうか。」
〈旧約聖書「伝道者の書」１章２節、３節〈新改訳２０１７〉

一

ドドーンという音を立て、若い男がベッドから落下した。

しばらくすると下の階からサングラスをかけた男が上がって来て、

「大丈夫か？　死ぬなよ」

と声をかけた。

「大丈夫です」

そう答えて、若い男は二段ベッドの上段に上り、横になった。

ここは宮城県仙台駅の裏側にある木賃宿である。二階の大きな部屋に二段ベッドが並べてあり、労務者達が我先にと自分の場所を取り、一夜泊まる。

先ほどベッドから落ちた若い男、中島は、二十代初めの学生で旅をしていた。しかし、大阪からやって来たものの、どこに行くという当てもなく、所持金も少なかったので、このような宿に泊まっている。

一夜明けると、中島は仙台市の郊外のトラックターミナルに向かった。そこから運送会社の事務所に行くと、すぐにアルバイトが決まり、その日の配車のうちの一台に助手として乗ることになった。運転手は三十代の男で、トラックに乗り込むと気さくに中島に話しかけてきた。

「ここから北海道に行くのか？」

「いえ、そこまで考えていません」

「今はここから北海道に渡る学生が多いからな。ほら、〝カニ族〟って言うんだろ？友達同士で金をほとんど持たずに旅行するんだよ。中には、ここの運送会社のトラックに乗ってアルバイトして金を貯めてから、北海道に行く人もいるよ」

中島の仕事は「運転手の助手」だが、単に助手席に座っているだけでよく、荷物の積み下ろしは運転手がほとんどやる。だが、トラックによる配送は運転手と助手で行うことが義務づけられているので、人手不足もあり、アルバイトを多く雇っているのである。

「どこに泊まってるんだ？」

と運転手が聞いた。

「駅の裏側の宿屋です」

「ああ、あそこか」

運転手は少し驚いた様子である。中島のような若い者が泊まる所ではないからだ。

「でもまぁ、若いうちは経験だよな。中島君も、学校に通ってる時はきれいなアパートに住んでるんだろ？　親もきちんと世話をしてくれてな」

中島は、大阪の下宿を飛び出してもう一ヵ月になる。仙台に来るまでは、東京で野宿もしたので、宿屋に泊まれることはありがたかった。これと言って行く当てもなく、いろいろな所を見て回りながら、落ち着ける場所が見つかればいいと思っている。

運転手の男は、運転の合間に声をかけてきたり、話しかけてきたりしたので、中島は彼が自分に対してとても親身になってくれていると感じた。

トラックは午前九時に配送センターを出て、市内を回り、昼前にセンターに戻って来る。そして昼食を取ったあと、午後の荷物を積み、別の場所に配送する。それでも午後四時頃にはセンターに帰って来て、仕事は午後五時に終了する。

仕事を終えた中島は、その日も駅裏の旅館に泊まることにした。駅裏には薄汚れている古い建物が多い。旅館の壁もくすんでいて、看板も大きな文字ではあるが汚れが付き、額が壊れかけていた。

玄関横の帳場には、昨日と同じように、長髪でサングラスをかけた男が座っていた。テレビドラマに出てくる、軽い調子の俳優に似た感じの男だ。「お帰り」と声をかけてくれたが、中島は昨夜の失敗を言われはしないかと、内心ビクビクしていた。

手すりも踏み板も黒光りした階段を、ガタガタと音を立てながら上がって行くと、広い室内ではもう数人の男達がベッドに腰かけていた。ズボンの裾がふくらんだ作業服姿の男もいれば、薄い浴衣がけの男やポロシャツ姿の男もいる。

中島は二段ベッドの上段の狭い空間に荷物を置くと、ベッドに横たわり、しばらくうたた寝をした。

目が覚めると、もう外は暗くなっていた。中島は帳場の男に「出かける」と声をかけて宿を出た。

仙台駅前には広い通りがある。仙台は東北地方の開発の拠点として、工事中の建物、工事現場が多かった。そのため、町には街灯や建物の灯がまだ少なく、暗がりが多い。中島は「仙台」という街には以前から良い印象を持っていた。実際に来てみると緑の多い都市で、東京とはまた違った印象だった。

中島は持ち合わせのわずかな金でも酒が飲める店を探し歩き、通りの小さな飲み屋に入った。店内に客はいるのだが、静かで、三十代ぐらいの男が店の女主人と話をしていた。酒が大分回っているようで、大きな声でしきりに話しかけている。女主人は黒い大きな瞳が魅力的なふっくらした顔の美人で、その男とは同年代のようだった。

中島が酒を注文してしばらく一人で飲んでいると、やがてその男が中島の隣の席にやって来た。

「兄ちゃん、どこから来たんだ？　学生か。そうか。働いてるのか。まあ、飲みなよ」

男にいろいろ聞かれながら、中島は一時間ほどその店で飲んでいたが、夜も更けてきた。明日もトラックの仕事がある。

中島が立とうとすると、男が女主人に声をかけた。

「おかみさん、この中島君、お宅で泊めてやることはできないかな。どうだい？」

女主人はちらっと中島を見ると、すぐに目を逸らして、黙って男を見返した。中島はそれで、その男が女主人や店の客達にとって、持て余されているような印象を受けた。男はどこか通常の生活を踏み外したような雰囲気もあり、働きもせず遊んでいるのかもしれない。

女主人はじっとその男を見返しているだけで返事をしなかった。

「どうかな？　中島君は大阪から来た学生だけど、泊まる所もあまりないようだ。あんたの所でしばらく預かってくれないかな」

男がそう言うところをみると、女主人には人を泊めるだけの余裕があるのだろうか。

「そうねぇ、泊めてあげてもいいけどねぇ……」

「学生さんで、きちんとした格好もしてるよ。あんな駅裏の宿に泊まる人じゃないと思うんだがね。どうだろうか？」

中島には、男がなぜ、女主人に自分のことをそんなにも頼むのかわからなかった。けれど、公園で野宿したり、宿の湿った布団で寝ることに比べたら、それはありがたいことには違いない。それにしても中島には女主人の困惑が見て取れるし、彼女が男の言葉を断ることができない理由があるようにも見えた。

そんなことに気づくと、中島としてはそれほど困っているわけでもないので、男の申し出が有難迷惑のように思えてきた。一方で、女主人の住まいで休むことができるなら、それも魅力的だった。

結局、女主人が返事をしないので、男も諦めて、それから中島と共に店を出た。中島には一瞬の期待がなくなり、去りがたい気持ちがあった。

男は店を出てからも中島に親切に言葉をかけた。

「中島君、困ったことがあったら、この店に来たらいいよ。おかみさんに俺のことを言えば、俺に連絡してくれるからな。それからあんたも、やっぱり早く大阪に帰った方がいいんじゃないか?」

そう親身に言い残して男は去って行ったが、どうもその男自体も生活に困っているようであり、それなのによく自分のことを女主人に頼んでくれたものだと中島は思った。

二

運送会社の仕事は毎日あった。事務所に行くと、身分証明書で身元を確認するでもなく、名前と住所を書くだけで仕事をくれた。

その日の中島の相手は、眼鏡をかけた神経質そうな男だった。トラックを出発させると、男は時にひとり言を言いながら運転をしていた。

「おい、いいから先に行きなよ」

男は進路変更しようとする女性ドライバーに道を譲ってやった。

「早く行けばいいのに。せっかく道を開けたんだから。まったく女のドライバーは、トラックの運転手が恐いんだろうな。俺達が、すぐに怒鳴りつけてくるような気性の荒い男ばかりだと思ってるんだろうな。でも、俺はいつも困ってる人にはこうして道を譲ってやるんだよ。するとどの女の人も、恐る恐る俺の方を見上げるんだよな。一般の男のドライバーの方が、俺達よりよっぽど運転が荒かったり、意地悪だと思うんだけどなあ」

　中島は自分の固定観念を省みた。自分もやはり、トラック運転手は運転が乱暴だと思っていた。けれども、運転に習熟している者なら、それだけ他の車に配慮できることがわかった。人の理解は人によって違う。知り合えないからこそ、互いに相手を誤解しているのである。

　今日の運転手はあまり愛想は良くなく、助手はただ隣に乗ってくれているだけでいいというような態度も見られた。だからといって、彼は中島に突《つ》っ慳貪《けんどん》だったり、意地悪をしたりするわけではない。荷物の積み降ろしも、機械を使って彼が一人でこなしていた。

「兄ちゃん、俺達の仕事は気楽だと思うだろう？　トラックの運転さえしてれば、その日の仕事が終わるからな。それと、兄ちゃんには別に仕事はしてもらわなくてもいいんだよ。言わば兄ちゃんは俺の話し相手だ。あんたは学生かい？　いいなあ。卒業したら、いい会社に入って、いいお嫁さんもらって、幸せな家庭を持つんだろうな」

「兄ちゃん、夏休みにはまだ早いけど、どうしてここにいるんだい？　えっ、勉強やめたのか。もったいないな。俺なんか、学校に行こうと思っても行けなかったもんな」

「俺の夢かい？　そうだな、仙台市営バスの運転手になることだよ。この運送会社も大手だけど、俺達も体が資本だから、体を壊せばノルマがこなせなくなって、辞めないといけなくなる。それに比べたら、市営バスはしっかりしてるからな。俺は今も市営バスに履歴書出してるんだよ」

　学生の中島には新鮮に思える話ばかりで、この日は、彼の話し相手をしながら助手席に座っていると、いつの間にか勤務終了の時間を過ぎていた。


　夜になり、中島は公園の中にある売店のベンチに掛けてあるシートにくるまった。所持金が尽きかけていたので、今日は宿に泊まらず公園で野宿だった。

　ふと目が覚めると、夜が明ける前で薄明るくなっていた。遠くの林の木立がぼんやりと見えていた。その林の奥の方から白いものが広がってきて、林を包んでいった。奥の方から地面を這って、白い霧が、中島の方に忍び寄って来た。と思う間に横になっている中島も白い霧に包まれてゆき、まわりが見えなくなった。

白い霧に一筋の朝の光が差し込むと、次に霧は少しずつ林の中に後退していった。白いドレスの裾がスルスルと動いてゆくように、霧も林の中に後退し去っていった。

そうすると、林を包んでいた霧もベールが取り去られるようになくなり、木立が現われ、日の光が辺りを明るく照らした。

そんな夜を何度も過ごしながら、中島の仙台滞在は日が過ぎていった。一度、夜中に警官がやって来て職務質問をされたが、中島に特に何を言うでもなく去って行った。それほど自由な時代だった。

運送会社での仕事も二週間近くになってきた。毎日、賃金が支払われるのは、中島達働く者にとっては好都合だ。旅費を稼ぐ学生達も数人いた。中年の男達もいた。

この日の運転手は、中島が最初に仕事をした若い男だった。トラックに乗ると、しっかりした口調で、そしてぶっきらぼうな様子で聞いてきた。

「まだここで働いてたのか」

その日は午前に工場に荷物を納入し、午後も同じように別の工場に荷物を納入した。荷物の運び込みは人力ではなくすべて機械で、運転手がフォークリフトを運転し、てきぱきと荷物を収め、中島はわずかにその補助をするだけだった。

荷物を運ぶ間、運転手と中島はいろいろ話をした。運転手は自分の仕事のこと、自分のやりたいこと、夢、親のことなどを語った。相手がまだ若くて利害関係のない中島だからこそ、彼は自分の日頃思っていることを話せたのだろう。一方、中島は、自分の学校生活のこと、自分がなぜ仙台まで来たのかなどを話した。すると運転手は最後にこう言った。

「もうここでは充分働いただろう。いつまでもここにいるんじゃなく、次の目的地に移ったらどうだ?」

そう言われて、この仕事も終わりにしないといけないと中島は思った。

この日の仕事が終わると、中島は仙台駅に向かった。この旅の北の終着点を青森にしようと思っていたからだ。仙台から青森までは特急に乗ればすぐだ。

中島は青森駅から、歩いてもさほど遠くない青森港に向かった。夜になっていたが、フェリー乗り場は人で混雑していた。船はひっきりなしにやって来ては出発して行く。

幼い子どもを連れた家族や、頑丈そうな中年の男達、派手な服装の男達もいた。中島はそんな光景を見ながら、そこで一時間ほどを過ごした。

ふと見ると、フェリーの乗船口を向いて、柵の辺りで佇んでいる若い女がいた。柵の向こうは海だ。照明はあるが、夜の闇で真っ黒な空間が広がっている。船に乗ればその先は北海道なのだが、真っ暗闇なので行けばもう戻ってくることができないように中島には思えた。乗船口は額で区切られた真っ黒な絵のようで、耳を澄ますと闇の中で波のうねる気配がしていた。中島には、とてもその先に北海道に至る航路があるとは思えなかった。

柵から離れてベンチに戻った若い女は、よく見ると涙を流していた。誰かと別れたのだろうか。本州と北海道に別れる悲しみ、それは肉親との身を切るような別れだったのだろうか。中島も、故郷を離れて都会の学校に行く時、母親が同じように泣いていたのを思い出した。

東北での旅はこうして終わり、中島は働くために東京に向かった。

三

東京に着いて、中島は住宅街の新聞配達店に目を付けた。新聞配達は以前やっていたことがある。とある町の新聞配達店が人を募集していたので、その店に飛び込みで申し込んでみることにした。

店を訪ねると、中年の貫禄のある主人が出て来て応対した。中島は仙台で容易に職を得ることができたので、ここでもという思いがあったし、主人と話をしていると、中島を雇ってくれそうな雰囲気を感じた。

主人は中島の話を親身に聞き、この店では多くの学生が新聞配達をしながら学業を続け、卒業していることを、実例を挙げて話した。さらに、中島が住む所もなく浮き草のように暮らしていることを心配してくれた。

結局は、「ちゃんとした身分証明ができない者は雇えない」と言われてしまったのだが、主人がその理由を順を追って説明してくれたので、中島は断られても腹が立たなかったし、不思議とこの主人に良い印象を持った。

こうして中島の就職活動は失敗に終わったが、それは中島の現状が世間にとって信用できない状態であるということで、今の自分では普通の職業には就くことは無理なのだ。

それならば、自分が出て来た場所に帰ればいいのである。だが中島はそうはせず、仕事を別のアブノーマルな場所に求めた。

中島は学生だったが、その特権に馴染めなかった。学校でする専門的な勉強よりも社会的な問題に興味があり、本をたくさん読んでいた。そうして過ごしている間に、アルバイト先の店で男とけんかをし、何もかも嫌になって、住んでいた大阪の下宿を飛び出して関東に向かったのである。親には連絡を取っていないので、ひどく心配しているだろう。

学校に通っていた頃、一度会社勤めをしてから大学に入った友人は、こんなことを言っていた。

「君の言うことはわからない。僕は親の援助がなかったから、まず就職して働いて金を貯めてからこの学校に入ったんだ。そんな僕から見れば、大学に入ったのに別の勉強をしたいなんて言う君の気持ちが理解できない」

中島にはわかってもらえないことが意外だった。

ちょうど同時期、ある評論で読んだ、「堕ちよ」という言葉に共感した。学生から堕ちることとは、労働者になることではないか、と考えた中島は、東京にある貧民街で働くことを魅力的に思い、興味を持った。これまでに飲食店や工場でアルバイトをした経験はあったが、日雇い仕事の経験はなかった。中島の父親はずっと会社務めなので、もちろんそんな経験はない。中島が旅に出たのはそのような動機もあったので、新聞販売店での就職に失敗し、それならば貧民街に行って仕事を探そうと思ったのである。

中島は電車に乗って貧民街のある駅に向かった。駅を降りると街は広く、そこには薄汚れた作業着を着た人がたくさん行き来していた。

その日はドヤ街に行き、木賃宿に泊まることにした。一階の帳場で申し込むと、記帳は確かに求められたが、何を詮索されることもなかった。小さな三階建ての建物の中は、たくさんの細長い三畳ほどの部屋に区切られている。中島はその一つに入ったが、部屋のみすぼらしさにもかかわらず、興味がしきりに起こった。おかしな話である。今の中島の境遇は、「堕ちるところまで堕ちた」ということだが、一方で自由だという感覚があった。それが中島の興味の中身だった。

次の日の朝五時過ぎ、中島は職を求めて、労務者が集まる寄せ場に向かった。広場はおびただしい数の労務者で埋まっている。所々に屋台が出ていて、仕事を求めて集まってきた人々に朝食を売っていた。ワンボックスカーやマイクロバスの前に手配師が立っていて、日雇い労務者を集めている。車の横には作業場所と金額を書いた紙が貼ってあり、労務者達はそれを見て応募するのである。辺りは賑やかで活気があった。

手配師達は労務者が予定数集まると、車に乗せて現場に向かう。すべての仕事の募集が終わっても仕事に就けない労務者はあぶれてしまうのだが、あまりにもたくさんの手配師が立っているので、仕事にあぶれるのはよっぽどのことだと中島は思った。この当時、景気はとても良かった。

中島は何人もの手配師、そして仕事の中から、どれを選べばいいのか判断がつかないので、とにかくひどそうな飯場にだけは連れ込まれないよう注意して、一つの仕事を選んで車に乗り込んだ。

それは道路工事の仕事だった。中島は掘り方をやったことがなく慣れていないので、働き始めてすぐに体のあちこちが痛んだ。続けてつるはしをふるうと汗が出てきて、どっと疲れを感じた。

「兄ちゃん、無理して飛ばすなよ」

男達が声をかけて、中島の体力ギリギリのところで止めてくれた。

「おい、お前、土方は初めてか？　これぐらい平気でできないと、土方は務まらないぞ」

中島は自分の体力のなさを恥じると共に、不安でいっぱいになり、早くも後悔していた。

それでも夕方になり仕事が終わると、親方から日当が支払われた。自分のような見ず知らずの初めての者でも、一日働けば賃金が支払われるということが不思議だった。この仕組みはどういうことだろう、と中島は思った。

次の日も中島は日雇いに出かけた。本来、無精な性格なのだが、毎日金が入ることに励みを感じたからだ。この日は高層マンションの建築現場で、レンチを与えられ、ボルトを締めていくことを命じられた。高層住宅の上の階から下の階まで作業をしていくのだから大変だ。

担当はずいぶん乱暴な口をきく男だった。

「おい、お前ら、しっかり働けよ。今日はこれを全部やるんだ。全部やるまで帰さないぞ。なんだお前、仕事が遅いじゃないか！　代わりはいくらでもいるんだ。そんなことじゃ、お前の今日の日当はなしだ。それでもいいのか。空手で家に帰りたいのか！」

中島の隣で作業している男が、叱責され罵声を浴びていた。学生の中島にとっては全く未知の世界なので、内心びくついていた。

その日、中島もいくつか失敗をした。そうして仕事が終わったが、最後の支払いの段になって、男はまた文句を言った。

「お前らが今日やった仕事は何だ！　こんな仕事で金をもらえるなんて、虫がよすぎるぞ。もっとしっかり働けよ！　特に失敗した奴もいたしな」

失敗した奴とは中島のことだ。それでも全員に日当が支払われ、車に乗せられた。そのままどこかの飯場に連れて行かれるでもなく、元の街の寄せ場に連れて帰られた。あとで中島は、その会社は「鬼の○○組」と言われていて、その寄せ場では最悪な組の一つであると聞いたのだった。

この日雇い労務者の街は「山谷《さんや》」と呼ばれていた。山谷の労務者達に恐れられているのは、手配師がうまいことを言って彼らを飯場に入れ、徹底して搾取して働かせ、そこに閉じ込めてしまうことである。中島も実はそこに入れられる恐れがあった。中島はあとになってそのことを聞き、自分はツイていたと思った。

四

朝の山谷は活気がある。仕事が発表されるのを待つ間、労務者達はみんな威勢良く話し、あちこちで笑い声も起きている。小さな容器に入った飲み物をみんなに分けている男もいた。髪はボサボサに伸びて顔はひげ面、サングラスをかけ、いかつい印象だが、その男は笑いながら配っていて、新顔の中島にも、「兄ちゃん、どうだ、飲みなよ」と言って手渡してくれた。

そのうちに、中島は顔見知りになった現場監督に呼ばれ、他の男達と一緒に車で現場へ向かった。

この日は巨大なマンションの建設現場で、まだ土台となる巨大な穴を掘ったばかりという段階だった。現場監督の男が今日の工事の説明をする。監督は江藤といって、四十代前半で頑強な体格、頭の回転が速く、てきぱきと話を進めていった。江藤はD建設の現場監督で、この会社は大手建設会社の末端であり、日雇い労務者を集めて請け負い作業をしていた。

この日の作業の内容は、マンションの土台を作るために掘った巨大な穴の土の壁が崩れないように、ぶ厚い板（矢板）を入れて、土留めをするというものだった。板を切るのは、東北出身の若者、坂井の仕事となった。その矢板をはめていくのが、老境に差し掛かっている長身の坂東と、四十代の働き盛りではっきりものを言う、小柄で筋肉質の後藤、そして中島だ。他にマイクロバスの運転手の伴野もいろいろな作業を手伝っていた。これが江藤のグループ全員だ。

季節は夏、七月の激しい直射日光の下、中島は一日現場で働いた。現場の周りはシートで覆われているので、労務者だけの空間だ。女性、まして若い女性が顔を出すことなど全くない。坂東や後藤は、江藤監督の指示を受けると、慣れたもので自分達でさっさと仕事を進めていた。

「矢板を入れる仕事は、手を抜こうと思えばいくらでも手が抜ける」と後藤が言っていた。監督もそこは目を光らせていて、しっかり矢板が入るように指示していた。坂東と後藤は手抜きをせず仕事をしていたので、監督は彼らを信頼して任せていた。

中島は初めての仕事で何もわからないので、監督に言われるままに作業していた。主に後藤が中島に指示するが、同じ日雇い労務者なので命令口調ではなく、必要以上の指示もしなかった。後藤の中島への気配りが見られた。

江藤が率いるグループの中で一番年上の坂東は、よく話し、皆をまとめていくように動いた。後藤の話では、坂東は以前酒屋を経営していたらしいので、坂東の口調が面白いのはそこから来ているものらしい。坂東は監督のやり方に陰でいろいろ言っていたが、監督もそれをわかっているようだった。今のところ、坂東は中島までには指図できず、作業進行の全体を見ていくのに手一杯の様子だが、彼は時々、中島に話しかけてきて、中島もそれに答えた。

矢板を入れていく作業は、巨大な現場なのでその後も何日も続いた。穴の底では鉄筋工が鉄筋を組み、型枠をはめ、コンクリートを入れて土台を固める作業が続いていた。中島達のグループは、自分達の分の仕事をやっていれば、誰からも干渉を受けることはなかった。

中島達は巨大な穴の縁に作られた足場を歩き回って仕事をしていた。巨大な現場の中では、人間は小さな存在で、鉄骨が互いに当たり合う音が辺りに反響したり、溶接する音は聞こえるものの、現場の周囲の都会のざわめきは聞こえてこず、静けさを感じかえって寂しいものだった。巨大な穴の底で働く者達は、顔も合わせず話もできず、余計に寂しい。作業員の行う溶接の火花があちこちに上がって活気はあるものの、巨大な空間ではその賑やかさはわずかを占めるに過ぎない。

「中島さん、こうして毎日一緒に働いてるけど、あんたは一言も話さないことがあるよな。あんたはそれで平気かい？」

中島は後藤にそう問われた。

「そうですね、別に平気ですけど」

「俺は、やっぱりワイワイ元気よくやるのが好きだな。でも、中島さんもよく働くよ。最初は大丈夫かなと思ったけどな」

「後藤さんは、ここでいつから働いてるんですか？」

「俺は、中島さんとほとんど変わらないよ。あんたの一週間ぐらい前からかな。金は安いけど、坂東さんもいるし、働きやすい現場なのは事実だな」

中島達のグループはつい最近会ったばかりの男達なのに、いつの間にか、組んで仕事もできるようにまとまってきた。仕事は単純で誰でもできるもののようだが、現場監督の江藤は労務者を集める時に、どうやら人柄を見て雇っているようである。江藤はまだ四十代前半と若いので、学生の中島にいろいろ声をかけてきた。中島も話しかけられれば嬉しいので、江藤になついていた。

現場監督は、工事の段取り、そして工期があるので、それを見合わせながら仕事を手配する。江藤以外にも時々、「〇〇組」と書かれたヘルメットをかぶった、学校を出立てのような若い監督が現場に顔を出した。ただ、まだ自信がないのか、下請けの現場監督の江藤に気を使っているのか、労務者達と話すことはほとんどなかった。彼らはこの工事現場の大元の大手建設会社に勤めている者で、工事事務所に閉じこもっていることが多いように思われた。

「中島さん、あのよう……」

若い監督が話しかけてきたことがあるが、どうもおざなりのような気がした。

一日の仕事が終わると、現場で働いていた者達は三々五々帰って行く。中島は東京の地理に不安があったが、電車の窓から見える周囲の街が興味深かったので、この日は新宿に寄ってみた。有名な紀伊國屋書店に行くと、たくさんの本が並んでいたが、思ったよりも店が小さい気がした。大阪の大きな本屋とそれほど変わらないようである。

新宿から電車を乗り継いで南千住駅で降り、歩いて貧民街に戻ると、中島は労務者達のたむろする周りの風景に緊張しながら、木賃宿に向かった。酒に酔った男が大声を上げている。中には中島に呼びかける男もいたし、いさかいをしてもみ合っている酔っ払いもいて、中島は内心穏やかでなかった。夕日が落ちて闇が通りを支配している。あちこちで飲み屋の明かりが明々とついていて、賑やかで景気が良かった。酔った男のだみ声や女の声も聞こえてくる。男達の格好は作業服のままだ。彼らはしばらくすると、どやに吸い込まれ、夜が更けてゆくのである。

駅から伸びる一本の太い道の両側に、住宅や店が並んでいる。年を経て古くなった建物が多い。他の街なら、経済成長の著しい時代の日本なので、新しい建物が多く建っているはずなのだが、この街はそのような風景から取り残されていた。そして、年寄りの姿がやけに目についた。もはや盛りも過ぎてから、この町に流れ着いたのだろうか。中島が歩いていると、労務者達の中には知った顔も見えたが、新参者の彼に挨拶をしてくれる者はいなかった。

中島は安宿に帰り、入り口の帳場で宿代を払って二階の個室に入った。布団に横たわると、隣の部屋からテレビの音が聞こえてきた。文庫本を開いて読もうとしたが、昼間の作業の疲れですぐに眠りに落ちてしまった。

夜中にふと目が覚めた。夏なので暑くはあったが、宿の外に出ると風が頬に当たって爽やかだった。街にはオレンジ色の街灯がついていて、何か物寂しい風景だった。男がわずかに一人か二人、歩いているのを見たが、誰も関わることのない孤独な男達だった。夜空を見上げると、星が瞬いていた。都会にもかかわらず、空は澄んでいた。中島は宿の部屋に戻り、再び布団に体を滑り込ませた。

次の日、中島は電車で工事現場に向かった。最近は山谷の寄せ場ではなく工事現場に直接向かうようになり、仕事内容も定まっていて、安定していた。後藤も坂東も若い中島に親切で、現場は過ごしやすかったし、坂東の話が面白いので、中島はよく耳を傾けた。また、毎日賃金が支払われるこの日雇いの仕事が、中島には自由に感じられて心地よかった。

ところが最近、若い坂井が仲間からからかわれている。

「坂井の奴、俺に、『おじさん、どうしてこんな仕事してんの？』って聞きやがるんだよ。そんなこと聞いてどうするんだよ」

と坂東がぼやいていた。

山谷で働く労務者達の間では、互いの過去には触れないのが暗黙の決まりだ。彼らが定職ではなく日雇い労働をしているのには、必ず何か訳がある。中島も聞かれれば答えはするが、自分の過去を語るのが億劫だった。

「『おじさん、どうしておじさんの顎は、花王石けんみたいに長いの？』とかも言いやがんだ」

坂井は邪気がないのだが、思ったことをすぐに口にしてしまう性分らしい。坂井は考えが足りないと、後藤も言っていた。

坂井は木材の板を切る係で、電動ノコギリで黙々と矢板を切る。中島にはできない仕事だ。坂井は長身で力もあるので、他にもいろいろな仕事に手を出していた。坂東や後藤や中島は、どちらかというと一つの仕事だけをやることが多かった。

朝の打ち合わせで現場監督の江藤が言った。

「皆さんは今晩、残業できますか？　ちょっと工期が遅れているので、仕事を進めてほしいんです。残業代はもちろん出しますので」

あとで坂東が、江藤に代わって皆に伝えに来た。

「中島さん、後藤さん、監督が、今晩残業するなら日当を二倍払うって言ってるよ。親会社からたっぷり金が出るんじゃないかな」

「おお、豪勢だね。会社もよっぽど工事を急いでるんだね」

後藤がそう答えた。

「それによう、今日だけじゃなくて、三日ぐらい続くみたいだよ。それで日当を二倍にしてくれるらしいよ。どうだい、この仕事をやらない手はないと私は思うんだが」

坂東の言い方は、中島にとっては東京の下町の酒屋の主人の言い方みたいに調子よく聞こえた。

「それはいい話だな。中島さん、あんたもやんなよ。この現場のみんなでやろうよ。そんなにきつい仕事でもないんだからさ」

中島は後藤にそう言われてやることにした。日当が二倍になるという話で、みんなに活気が出てきた。

真夏になったので、とにかく日差しがきつい。工事現場の底の方から見上げると、周りがシートで覆われているので、四角く区切られた青空が見えた。作業は日陰ですることが多かったのでまだましだが、日向に出るとじりじりと肌が焦げる。水をがぶ飲みして、作業するとまたすぐ喉が渇いた。

近頃は中島の体力もついてきて、一日中働いても皆の作業についていけるようになった。とはいえ、中島と後藤の体力の差は段違いだ。後藤は小柄だが力があり、疲れを知らない様子だった。中島が作業についてこられたのも、坂東や後藤がまだ学生の中島をそれとなく支え、声もかけてくれたからである。

中島にとっては、一日働いてその日使える賃金がもらえるのは、ありがたいことであり、夢のようだった。学校に行っていた頃は、勉強で自由を縛られていたからである。けれども今、自由にしている分、学生の仲間からは取り残されている。そんなことも、坂東や後藤は気遣っていたのではないだろうか。

現場監督の江藤が、中島に残業のことを聞いてきた。江藤は中島に話しかける時、しきりに目を瞬かせる。いつもの癖だと思ってはいるが、中島にはその仕草が不思議だった。

「中島さん、どうだい、残業やってくれっかな。坂東さんから聞いてくれたと思うんだけど、金は二倍払うからよ」

中島はやると返事をした。

「中島さんもやりたいことがあると思うし、疲れてるのに夜も働かせるのはほんとに悪いとは思うんだけどなぁ、俺は」

江藤は中島が失敗しても怒ることはなかった。確かに江藤は大声で威勢はいいけれど、坂東や後藤に怒ることもなかった。それでこうして給料をたくさん払ってくれるというのだから、ありがたいことこの上なしである。

「俺はよ、坂東さんや後藤さん、坂井君や中島さんっていう、いいメンバーが集まってくれたと思ってるんだよ。みんな文句も言わずに働いてくれるからよ。それに、本当にみんな仕事ができるから、嬉しいよ。親方も喜んでるよ」

そう言われると、中島は若いので、単純に嬉しく思った。坂東や後藤らはどうなんだろうか。今のところ気兼ねなく仕事ができるので、彼らも続けようと思っているのだろうか。

この残業は何日かごとにあり、仕事はきついが収入は増えて、皆ありがたく思っていた。

「坂井の奴、板を早く切れって言ってるのに、やれ腰が痛い、手が痛いって休みやがるんだよ。あまり遅いと、江藤さんが文句を言ってくるじゃないか。もういいよ、私が切ってやるよって言いたいんだが、そうもいかないしね」

坂東が後藤に愚痴を言っていた。

「まったくね、坂井君はちょっと文句が多過ぎるんだよな。俺の体が二つあれば、代わりにノコギリ使って切ってやるんだがよ。本当に困ったもんだよ」

後藤はあまり他人を非難しない男なのだが、この場合は坂東に話を合わせているのだ。しかし坂東は坂東で、坂井に面と向かって文句を言ったり怒ったりすることはなく、そこに坂東の優しさが表れている。日雇いだし、人と摩擦を起こしてまで仕事をやりたいとは、皆思っていない。中島も坂井に、関西弁の口ぶりを笑われたことがあった。坂井の方が年下なのでムッとしたが、へらへらと笑ってごまかした。

坂井のことは、皆が陰で悪口を言って笑っていた。坂井も、普段の会話で冷やかされることが多くなり、この頃は居心地が悪そうだった。

一方で、坂東も後藤も中島のことは引き立ててくれることが多かった。中島の方が坂井に比べて仕事に慣れていないので、要領が悪いのだが、なぜか皆よく褒めてくれた。中島はすぐに中途半端で仕事を投げ出す癖があったので、この仕事は続けたいと思っていた。それに、劣等感があるので、褒めてもらえることが嬉しかった。坂井は「俺だったらこうやる」などと、中島に当てつけるようなことを言っていたが、皆の中島への評価は変わらなかった。

ある蒸し暑い夜のことだった。テレビのニュースで、「山谷で、日雇い労働者の争議が起こる」と報じていた。夏の暑さもあり、夜、労務者達が騒いで暴れ、大きな騒動になることがよくあったが、それはこの街の〝夏の行事〟のようなものだった。ただ、ここ一、二年は大きな争議は起こっていなかった。

　中島はその夜、一杯飲み屋で酒を飲んでいた。遠くの方からピーピーという笛の賑やかな音や、男達の声、そして拡声器を使った警官からデモ隊への警告の声も聞こえてきた。その日は日雇い労働者達による騒ぎが起こるとニュースでも言っていたし、現場でも噂として流れていた。

　中島が店の外に出ると、広い通りの果ての方で、人の集団が街灯に照らされてオレンジ色に輝いていた。あまりに遠くでよくわからないが、それは確かに、今まで中島が見たことのなかった山谷の労務者達の争議だった。しかし、中島は群衆に近づいて見てみようとは思わなかった。何せ労務者達の争議である。暴力を振るわれるなど、どんな危害が加えられるかわからない。

　この当時は学生運動も盛んで、中島が学校に通っていた頃もデモが頻繁に行われていた。彼も興味があってデモについていき、関係者に見咎められて、「お前は何者だ！」と難詰されたこともあった。だから中島は山谷の争議にも興味があったが、学生運動に比べると桁違いに危険だと思い、近づこうとはしなかった。

次の日、新聞に昨夜山谷で行われたデモのことが載っていて、デモの主張が何だったかも書いてあったが、それは中島の興味を引かなかった。

五

現場では監督の江藤が機嫌良く皆に話しかけていた。二倍の日当が出る仕事も何度か続いていたので、現場の皆も威勢が上がり、饒舌だった。元気がなさそうなのは、前日の深酒がこたえている後藤ぐらいだったろう。

時折、D建設の親方、大山も現場に顔を出すようになり、坂東や後藤も大山と何か話をしていた。中島は時々、大山が自分を見ているのに気がついた。大山は親方らしい貫禄があり、寛容な性格のように見えた。現場の職人達も親方には敬意を払っていた。

また、時に江藤の妻が現場を訪れることもあった。江藤の妻は細身で背の高い美人だが、江藤の話では前はＯＬをしていたそうで、作業員の飯場に住んでいることが彼女には合わないと言う。確かに江藤の妻は表情が硬く、その見た目も現場にはそぐわない様子だと中島は観察していた。江藤の話では、夫婦で時々都内の一流ホテルに宿泊するとのことだった。

中島が学生なので、江藤は時に堅い話題を投げかけてくることもあった。社会のことや政治のこと、文学の話などである。中島は、江藤は自分の学生時代の頃を懐かしがっているのだろうと思った。自分がこの現場にいられるのは江藤のおかげだと中島は思っているが、仕事もさほどできない自分に江藤が目をかけてくれる理由がわからなかった。また同じように、坂東にしても後藤にしても、中島に敬意を払ってくれているように感じる。時に社会的な問題などを、「中島さん、これどういうことなの？」と素直に聞いてくることもあった。

坂東は元酒屋の店主らしいが、何か理由があって山谷に身を落としている。坂東の人当たりの良さ、どんな時も感情をあらわにしたり怒ったりしない寛容な性格、そしておしゃべりなところは、その前の仕事から来ているようだ。ただ、年齢が行っているので、日雇いにはそぐわないし、その年齢から中島が哀れさを感じるのは事実である。

坂東はその人のよさから、現場監督の江藤の話を聞いて中島や坂井達に話を取り次いでくれることもあった。ただ日雇いという身分上、江藤と坂東・後藤の間には厳然とした立場の違いがあり、「所詮は日雇い、気軽な身分」という雰囲気が最後にはつきまとうのである。そういったことから、元酒屋の店主の坂東がなぜ日雇いの身分にまで堕ちたのかと、中島は思ってしまう。けれどもそこは山谷なので、その人の以前の境遇を問うてはいけない。長身の坂東が頭に手ぬぐいを巻き、今日も現場を走り回っている。やはり後悔の念が心にあるのだろうが、若い中島に対しては、そんな気持ちを微塵も見せはしなかった。

後藤は時折、中島に自分のことを話した。以前は印刷所で働いていたという。小柄で筋肉質な後藤は、短髪であごひげを生やしていて、色のついた眼鏡をかけている。そして、なぜか耳の穴にはいつも五百円玉を入れている。

「会社なんて結局、大学卒業者を大切にするんだよ。俺がいくら働いたって、評価されて出世していくのは、大卒の奴らさ」

どこの会社でもあることなのだろう。中島には後藤の不満が透けて見えてきた。後藤は「俺は韓国人なんだよ」とも言った。中島は内心どきっとした。学校では今でいう「人権教育」を受けてきて、「外国人を差別してはいけない」といつも言われていた。

中島が子どもの頃、身の回りの朝鮮人というと、故郷の家の近くの川向こうでヤギを飼っていた農家の人達だ。その川は、夏には水をせき止めて近所の子ども達のプールになったが、ある夏、一時中止になった。それは、その朝鮮人の農家からヤギの汚水が川に流れ込んだからという理由だった。中島は朝鮮人のせいで川のプールが中止になったという噂を聞き、逆に彼らに同情して、民族差別に対して怒りを覚えたものである。

中島は、後藤の発した言葉が彼のプライドなのかとも思ったが、後藤の韓国人としての気持ちについては、本当のところはよくわからなかった。中島は毎日、後藤の仕事ぶりを見て尊敬していた。だからなんとなく自分も後藤に似てきているのかと思った。

その後藤と酒を飲みに行く機会があった。飲み屋で、関西出身のとある日雇い労務者のことが話題になった。中島も山谷の朝の寄せ場で見知っている男で、自分の出身と同じ大阪弁なので気になる存在だったたし、言葉のせいで寄せ場では目立っていた。その男は何せ大きな声で、明るくて軽い性格に見えるので、仕事はできるのかな、と中島は思っていた。山谷というのはいろいろな人が来る所だ。この男も、他の男がやっていたように、朝みんなにわずかな飲み物を配ったりしていた。中島がある時、意外に思ったのは、あまり働けないような体の悪い年配の男の話を、その男が身を屈めて熱心に聞いてやり、声をかけて励ましていたのを見たことだった。山谷では皆、自分の生活で精一杯なので、そんな行為をする男は他には見ない。中島は、山谷では彼の行為は時には〝偽善〟に映るのではないかと思った。

後藤と一緒に行った飲み屋には、その男も来ていた。すると後藤が彼を見て、

「あの人は偉いんだよ。人間ができてる」

と褒めた。中島はそれを聞いて、あの男は一見、軽薄そうに見えるけれど、人はそ

のように評価するんだなと思った。つまり、一見偽善のように見えても、良い行いは人に評価されるということである。

山谷では、人は金で動いている。皆、生活がかかっているから、金にならない動きはしない。そんな中でも、弱い人のことを気にかけて、言葉をかける優しさが、人の心を打ち評価されるのだということを中島は理解した。大阪弁の男とは仕事でも会ったことがある。しかし中島は、彼の明るさや善行にいつも危うさを感じていた。山谷のように忙しい世界で生きていると、彼もいつか心がポキッと折れてしまうのではないかと思った。

その飲み屋で、後藤は自分の以前の会社でのことを中島に話した。そして、自分がそれをどう思っているのかも。中島は話を聞きながら、ではなぜ後藤が山谷にまで来て日雇いをしているのかという疑問が出てきたのだが、それは話してくれなかった。中島は想像するしかなかったが、もともとそんなことをする必要もないことであった。

中島は山谷で働くようになって、周りの者から自分が評価されるという経験をすることで、少しずつ自信を得ていった。

その頃になると、工事現場にはコンクリートミキサー車が多数入って来て、建物の土台の型枠に生コンクリートが流し込まれ、土台が固められていった。

大きな現場に上から何本も長いホースが垂らされ、生コンがどんどん型枠の中に流し込まれていく。後藤や中島の仕事は、流し込まれる時に型枠の木を木槌で叩き、生コンが隙間なくびっしり詰まるようにすることだ。現場には、木槌で木を叩く音だけが響いて、人の声はほとんど聞こえない。まるで現場全体が機械のようで、中島もその一部の歯車となっていた。

巨大な穴は真夏の日差しがきつく、盛夏の暑さが中島達を襲った。しかし、華奢だった中島の体もいつの間にか頑健になっていた。汗が猛然と吹き出て、耐え難いと思う瞬間もあったが。穴の中から上を見ると、青空が四角く切り取られている。中学生の頃に読んだ、農家の生まれの詩人の詩の断片が、中島の心に思い浮かんだ。

「とっくん　とっくん　にょろ　にょろ」

後藤の顔も坂東の顔も、強い日差しのためにしわの影が濃く刻まれ、白と黒の陰影だけが浮かび上がっている。

　コンクリートミキサー車が生コンを流し込む音、エンジンの音、車がバックする時の警報音、車を誘導するガードマンの高い声、それらが工事現場に響き渡っていた。けれども働く男達の生き生きとした声は聞かれず、この現場は無機質な世界だった。人の気配もなく、すべてが自動化された未来の世界に来たようだった。

　中島が高校を卒業した時、自分の家の畑で稲刈りをした時のことを思い出した。当時はコンバインなどなく手作業で、父と母と中島の三人での作業だったが、初めての経験で嬉しかったことを覚えている。軽作業だが、初めての労働だった。その時、中島のいる田の傍を若い女性達が通って行ったことも思い出した。それに比べて都会のこの工事現場の作業は、なんと違うのだろうか。その労働は隅々まで人によって支えられているが、誰も彼らの作業を見てはいないし、当然、記憶に残ることもないだろう。ここには労働の悲しさがある。

　ある日、坂東、後藤、中島は、Ｄ建設の親方、大山がいる飯場に招かれた。マイクロバスに乗せられて行くと、工事現場から三十分ほどの距離にその飯場はあった。広い敷地の中の二階建てのプレハブで、周りには車が数台停まっていて、いろいろな資材が雑然と置かれ、工事現場から出るゴミが大きなバケットの中に入れられていた。

プレハブの二階に行くと、五十畳ほどもあるだだっ広い空間に、数人の男が座って休んでいた。中には家具などはなく、そこで男達が雑魚寝をするのである。中島にとっては驚くような光景だった。

そこで坂東、後藤、中島が車座になると、酒とつまみが出され、親方の大山が出て来て酒を勧めた。

大山は話の中で、「D建設の飯場に入らないか」と皆を誘ったが、中島にはとても入る気持ちはなかった。坂東と後藤も、あとで聞くと入る気はないと言っていた。

現場監督の江藤も、妻と共にこの飯場で寝泊りしている。中島らが来たので、江藤も出て来て自分の部屋のドアを指し示して見せた。少し照れながら。あとで、奥さんがこの部屋に住むのを嫌がっていることや、休日になると奥さんを連れて出かけ、一流ホテルに泊まるのだと、以前も聞いた話をまた言っていた。江藤も自分が飯場暮らしをするとは思っていなかったらしく、だが現場監督なので飯場に泊まらざるを得ないと、その後も繰り返し言っていた。

しばらくして、中島達はもう一度飯場に招かれ、その時、親方の大山が皆に聞いた。

「この中に、過激派の男はいないだろうな？」

そこで中島が「はい」と手を挙げたのは、大山の言葉への反発だったのだろう。実際に中島が過激派であるわけではない。大山がなぜそのようなことを聞いたのかはわからないが、警察から過激派対策で建設会社などに照会が来るのかもしれなかった。また、大山は中島がそのようにふざけたからといって、彼に対する態度が厳しくなることもなかった。


ある時、工事現場で休憩してると、坂東が中島に聞いてきた。

「中島さん、ここの工事現場は、お盆の間、休みなんだけど、あんた休みの間にどこか行く所あるの？　俺達、日光に行こうと思うんだけど、あんた一緒に行かないかい？費用は一万円で、いい旅館に泊まれるんだけどね」

「そうですか。考えてみます」

中島は、これまで他人と旅館に泊まったことはなかったが、坂東や後藤には気を許しているので、行ってもいいかと思ってきた。

「中ちゃん、休みの間どうせ暇なんだろ？　日光といや、大したもんだからな。一度後学のために行ってみたらどうだい？」

後藤もそう言って中島に勧めた。その頃になると、中島は「中ちゃん」とも呼ばれるようになっていた。

坂井も誘ったらしいが、彼は断ったという。きっと自由に過ごしたいのだろう。

工事が進んでいくと、残業で日当が二倍支払われることはなくなり、時間相当の割増分しか払われなくなった。

「昼間で疲れてるのに、残業させられて金が少ないんじゃ、割に合わないよなぁ。江藤さん、どうしたんだろうなぁ」

と後藤がぼやいた。

「後藤さん、まぁそう言いなさんなって。いつまでも景気のいい話が続くわけないじゃないよ」

「俺は、親方が気前がいいからこの現場にいるんだよ。俺を評価してくれないなら、もっと金がいい現場に移りたいね」

「まあまあ、後藤さん、ちょっと我慢しなよ。それに、うちのメンバーみたいなこんなにいい顔ぶれ、なかなかないんじゃないの？　まぁ、そう言うと褒め過ぎだけどね。それに、あの江藤さんの顔見てごらんよ。残業頼む時、目をパチパチ瞬かしてさぁ、あれ、俺達に悪いと思ってるからなんじゃないの？　江藤さんもつらいところなんだよ」

中島は、江藤に目を瞬かせる癖があることには気がついていたので、江藤は案外、小心者なんだなと思った。

「じゃあ、もう江藤さんには会社から金が下りていないのかね」

「あの二倍の日当だけどね、あれは多分、江藤さんのポケットマネーじゃないのかね。だから、そうそう日当を増やすことはできないんじゃないかな」

「坂東さん、江藤さんがそんなことするかね。江藤さんはこの現場を請け負ってるわけだろう？　きっとがっぽり懐に入ってるんじゃないの？」

「それはそうかもしれないけど、江藤さんも苦労してるんだから。それに、奥さんが飯場を嫌がってるから、江藤さんも金を貯めて早く自分の家を持ちたいんじゃないの？」

後藤は、日当が少ないからといって、江藤に何かを言うつもりはないようである。

「中ちゃん、また今夜、付き合ってくれるかい？」

後藤は話題を変えて、中島を誘った。

その夜、飲み屋で後藤は無口だった。それでも、最近好きになった女のことを話した。

「この間、中ちゃんと行ったスナックの女の子、覚えてるか？　俺、あの子と付き合ってたんだよ。相手も俺のことが好きみたいで、休みにはデートしたり、飲みに行ったりしてたんだよ」

中島は、ちょっと小柄で目鼻立ちのはっきりした女のことを覚えていた。

「ところがこの前、あの子の店に行ったらよ、男が出て来たんだよ。いわゆる、これ筋の男でさ、身なりではっきりわかるんだよ。飲んでたら、その男が妙に絡んでくるんだよな、それも気持ち悪い絡み方で。で、とうとう俺のことを脅してきやがった。女の子はカウンターの中で、ずっと背中を向けたままで知らん顔さ。ちょっとこっちを見ても硬い表情でよ。俺は、こりゃあダメだと思ってさ、はいてた下駄を脱いで、両手で持って、その男を所構わず殴ってやったんだ。それで一目散にその店からおさらばさ」

後藤は苦笑いしながらも、痛快な様子である。

「なぁ、中ちゃんよ。女も、可愛い顔してるからって、油断しちゃダメだよな。俺はあの時くらい、心底ぞっとしたことはないよ」

中島はこの夏の日のいろいろな出来事が、あの山谷の争議のことと共に、頭からこびりついて離れなかった。

「中ちゃん、俺は韓国人だろ。いろんな所で働いたことがあるんだよ。ある所では仕事を任されてな、頑張って働いたんだよ。ところがな、仕事が終わると、鳶が油揚げをさらってくように、成果を他の奴が取っていきやがってな。それでそいつだけが評価されて、出世していくんだよ。そんな時、俺は、何でだ？　と思うわけさ。俺達韓国人は、最後の最後で報酬の分け前には預かれないんだよな」

中島は、後藤の本当の気持ちがここにあると思った。後藤はそこに差別があると言いたいのだろう。

「大卒の奴らもそうだよ。俺は高校までだからよ、いつまで経っても大卒の奴らの部下で、下働きだよ。若い大卒の奴らに、いつも命令されたり指図されたりするのさ。俺はそれが嫌でよ、どれだけ会社を替えたことか」

後藤の悩みはここにあった。中島は、腕が立つにもかかわらず後藤が山谷に流れてきたのは、これまでの会社や社会に不満があって、やけになってここまで来てしまったのかもしれないと思った。それに比べれば、中島には山谷を抜け出ていつでも学校に戻れるというゆとりがあった。

六

盆休みの間は工事も休みになり、中島は坂東と後藤と一緒に、日光へ一泊二日の旅行に行くことになった。昼の十二時に新宿駅で待ち合わせ、三人が揃うと特急電車で日光に向かった。車中で皆でカップ酒を飲み、坂東がよくしゃべった。

日光駅に着くと、林の中を歩いて旅館に向かった。土産物屋が並ぶ辺りを過ぎると、周りは緑の木々で、木漏れ日が三人を包んだ。しかし木漏れ日とはいえ、夏の日差しは厳しく、坂東や後藤の服の背中には汗がじっとり滲み出していた。無機質なビルの工事現場でずっと働いてきた中島には、その緑が心の癒しになった。林の中は灌木が生い茂っているが、樹齢百年以上のような太い木木もあった。白い肌の木もあちらこちらに見え、高原に来たことを思わせた。時々、小鳥が木の上を飛び交っている。皆黙って歩いているのは、これからの楽しみを思って先を急いでいるからだろうか。二十分ほど木漏れ日の中を歩くと、ようやく旅館街に着いた。

旅館街とはいえ、近くには太い木が何本も枝を広げている。宿泊する旅館は五階建ての古い大きな建物で、女中達が三人を迎えてくれた。

部屋に通されると、三人はすぐに風呂に向かった。坂東も後藤も食事と酒を楽しみにしているようで、その前に急いで湯を浴びようというつもりだ。中島は学生なので、これまで大きな旅館には泊まったことがなかった。今は山谷で最底辺の生活をしているというひがみがいつもあったので、こうして旅館の大浴場で湯につかっていると、まるで夢のようだった。

風呂から出て部屋に戻ると、すでに食事の用意がされていて、テーブルいっぱいにご馳走が並べられていた。

「おお、待ってました！」

坂東が賑やかに声を上げた。そして、

「ちょいと私は行ってくるからね。すぐに帰って来るから」

と言って部屋から出て行ったが、本当にすぐに戻って来た。

「この食事だけで驚いちゃいけないよ。このあともお楽しみがあるからね」

中島も今日ばかりは日頃の心配や心のつかえを忘れ去り、食事を楽しんだ。

食事が終わり、再び坂東が部屋を出て行き、しばらくして戻って来ると、すぐに芸者が三人入って来た。坂東が賑やかに芸者達を迎え入れて、本格的な酒盛りが始まった。この旅行は坂東が計画し、相当お金を使っているようだったが、元酒屋の店主らしく、このような遊びには慣れているらしい。どの芸者も年を取っていたが、坂東が友人二人を喜ばせようと精一杯頑張っている気持ちが表れていた。

中島には、なぜこのような坂東が山谷にまで来て厳しい労働をしているのかがわからなかったし、早く元の生活に戻ればいいのにとも思うのだった。

後藤は色のついた眼鏡をかけていて無表情で、何を考えてるのかわかりにくいタイプだ。それでも芸者が横に来て酒を注ぐと相好を崩していた。中島の横に来た芸者は、酒を注ぎながら笑みを浮かべてはいるものの、中島があまりにもおとなしいので戸惑っていた。中島は何を話していいのか全くわからない。芸者はチラチラと仲間の方を見て所在なげだったが、それでも上手に中島に酒を勧めた。

中島にとっては予想外の酒盛りとなり、次の日は起きるのが遅くなった。部屋で朝食を食べながら話が弾み、時間が来たら旅館を出て、お寺を少し観光してから駅に向かった。しかし、この時には三人ともなんだかもはや腑抜けのようになっていて、むっつりと黙り込んでいた。

ちょうど後藤と中島が二人きりになった時、後藤が寄ってきた。

「坂東さん、昨夜の芸者と仲良くなったそうだぜ。俺なんか、あんな年寄り嫌だけどよ」

後藤は面白そうにそう言った。中島は坂東の肩を持ちたい気もあったが、嫌悪の気持ちも軽くあった。

プラットホームに特急電車が入って来て、三人の短い大名旅行は終わった。

七

東京は相変わらず暑かった。朝の街を男女の会社員や学生達が行き交っている。中島は工事現場への道にはもう慣れていた。

工事現場では、コンクリート車が生コンを型枠に注ぎ入れ、中島達の仕事は相変わらず木槌で型枠を叩くことだった。坂井も変わらずに、電動ノコギリで板を切ったりして素早く動き回っていた。中島ももう仕事に慣れていたのだが、ふとした時に、通っていた大学のことを思い出すようになってきた。そんな時、後藤が中島をまた飲みに誘った。

店に行って飲み始めると、後藤は最初、印刷所に勤めていた頃のことをしばらく話していたが、唐突にこんなことを言い出した。

「中ちゃん、俺と一緒にクリーニングの仕事をやらないか？　今は仕事がたくさんあるし、やればやるだけ利益が上がるんだよ。俺は、クリーニングの仕事は長くやってたことがあるから、中身をよく知ってるんだ。店を始めるのにいい場所も知ってる」

中島は約一ヵ月仕事をして、後藤の仕事ぶりと、その力量もわかっているつもりだった。後藤は自分の欲を出すわけではなく、抑制的に生きていて、山谷で身を持ち崩してやけになっているという印象ではない。けれども中島は後藤のその話に踏み切れない理由があった。学校をどうするかだ。

「僕は、もうしばらくしたら学校に戻ろうと思ってるんです。後藤さんの話も面白そうだとは思うんですが……、だから、今やるとは言えないんです」

「中ちゃんよ、大学で勉強するだけが人生じゃないよ。俺と一緒にいたら、生活には困らないよ。それどころか、金はたくさん入るし、仕事を大きくしていくという夢もある。俺には自信があるんだ。俺はクリーニングのことはよく知ってるんだから」

そう言われて、中島の心は揺れた。今まで、後藤のように自分を信頼してこんな誘いをかけてくれた人はいない。後藤は情に訴えて中島を誘い、中島にはそのことが嬉しかった。

一方、後藤はというと内心、落胆していた。中島は山谷で出会った俺のことを信用できないのか、と。後藤は中島と一緒に働いていた一ヵ月の間に、山谷の日雇いから抜け出す道を探していたのだ。女のことなど寄り道はあったが、中島という若者を見るうちに、漠然と将来の展望が開けてきた。すると将来が具体化し、後藤の中に望みが出てきたのだった。

「後藤さん、クリーニングって、どんな仕事なんですか？」

「クリーニングはな、人にとって必要不可欠な仕事だ。しっかり仕事をしてれば、固定客がつく。ミスしたり、いい加減にやってると、あっという間に客を失って、店は閑古鳥が泣いちゃうよ。個人の客だけじゃなく、会社や役所の仕事が入ると収入がぐんと上がるし、規模が大きいから収入が安定してくるんだ。その代わり、これは他の仕事にしても同じだが、納期は守らないといけない。時には目が回って死ぬほどに忙しいこともあるよ。寝る暇もない時もあるかもしれない。でも、何でも仕事を始めようと思ったら、それぐらいの覚悟がいるし、中ちゃん、あんたなら若いし、それぐらい平気だと思うんだ」

中島は後藤の話を聞いていて、それも良さそうだと思えてきた。何せ後藤の話には活気があり、学校の勉強よりも面白そうだ。世間の仕事は、中島にはいわば未知の世界だが、自分の努力次第で成果が上がり、認められ、いい生活ができるとしたら、学校で苦しい思いをして勉強しなくてもいいような気がした。

後藤はというと、中島と話してる間に気持ちが高揚してきた。ここ一年間感じることもなかった希望も湧いてきた。後藤には頼れる肉親はいない。父親はすでになく、母親とは連絡が取れない。兄弟はそれぞれが上手くやっているようだが、互いに連絡を取り合うことはなかった。だから、若い中島という仲間を得ることができれば、会社など何とでもなり、展望が開けるように思ったのである。後藤には、中島が限りない可能性を秘めているように思われたのだ。

「中ちゃん、一緒にやろうよ。俺は決して、ほんと、後悔させないからさ。俺に任せてくれよ！」

店内は冷房が効いて寒いくらいだ。小柄で筋肉質の後藤は、いつもアロハシャツを着ている。着古してペラペラの布地で、下は短パンと下駄だ。ヤクザらしい男を叩きのめしたというあの下駄である。そして、耳の穴には例の五百円玉だ。

中島はいつもと変わらぬ後藤を見ていて、どう決断すればいいか判断がつかなかった。しかし、「中島よ、お前は優柔不断だ。この後藤の誘いに乗って、これからの自分の将来をかけてみろよ。よっぽど面白い生活が待ってるぞ」と、そんな声が中島の内側から呼びかけていた。それは真実の声なのか、虚偽の声なのか、それとも後藤に惑わされた声なのか……。

後藤はというと、言うべきことは言い終えたのか、黙って酒を飲んでいる。彼はもともと、言葉をあふれさせて語って相手を納得させるタイプではないのだ。

中島の気持ちは決まった。最終的には、「大学で勉強するだけが人生じゃない」という後藤の言葉に、中島は反発したのだった。その考えは、後藤の理屈だ。中島にすれば、学生生活は今の生活とは格段に違う。後藤は自分の気持ちを、結局はわかってくれていないと中島は思った。

後藤に返答を迫られていると感じた中島は、今ここではっきり答えないといけないと思い、口を開いた。

「後藤さん、僕は今、やりたいと思ってることがあるんです。もっと、勉強をしたいと思ってるんです。大学の勉強ではないんですがね。だから、後藤さんの言われる話には乗ることができません。すみません」

「……いや、謝らなくていいよ。中ちゃんがそう思ってるんなら、俺はもう何も言わないよ。さぁ、飲もう」

しかし、後藤は失望していた。中島が承諾してくれることを期待していたが、はっきりと断られたので、後藤は今後も山谷の日雇い労働の単調な生活を続けなければならなくなった。後藤には、一人で再起するだけの気持ちはまだ起きていなかったのだ。

その話のあと、会話は当然、弾むはずがなかった。後藤は甘酸っぱいような失望を覚えていた。それは、若い中島のどのようにでもなる将来の可能性を羨ましく思ったからである。

八

暑いとはいえ、日射しのわずかな穏やかさに、夏の終わりが感じられた。吹く風も、熱風から時折、爽やかな風が交じるようになってきた。街を歩く人々の表情も和らいできたように見え、街に笑顔が戻ってきた。中島には心から笑う余裕はなかったが、そんな街の風景をぼんやりと眺めている時があった。

中島は、アパートを探していた。板橋区が安いと聞いたので、不動産屋に行ってみたが、一軒目は自分を証明できない学生なので店主に硬い表情で断られた。だが二軒目に訪ねた不動産屋はうるさいことを言わず、アパートの一部屋を紹介してくれた。

最寄り駅は、乗降客は多いものの狭いプラットホームの小さな駅だった。駅を降り、川沿いを歩いていると、ランニング姿の子ども達が数人走り抜けて行った。川はコンクリートで岸と土手を固めていて、底の水路をわずかに水が流れていた。辺りは住宅地だ。

中島の用意した金額に合った住宅は、古い木造のアパートだった。不動産屋の女性は愛想よく笑いながら中島に部屋を見せたが、二階建ての一階にある部屋は一間と台所だけで、あまり日も射し込まず、薄暗かった。共用廊下も暗く、両側に並んでる部屋はどれも古く、ドアが汚れていて、表札もかかっていない。たとえ表札がかかっていても、暗くて読むことができなかった。だが、中島にはとにかく部屋が必要だったし、ドヤ街の木賃宿から逃れることができればありがたかったのである。

「中島さん、ここなら気軽でいいと思うよ。隣の人が、ちょっと賑やかで気になるかもしれないけれど。何かあったら、店に言ってきてちょうだい」

中島はこの部屋を借りることに決めて、不動産屋に戻ると必要な書類を書いて手付金を渡した。女性は笑顔で受け取り、すべての手続きを終えると鍵を渡した。


「後藤さん、俺、板橋区に部屋を借りました」

中島は工事現場で働いている時に、後藤にそう告げた。

「そうか、中ちゃん、良かったな。俺は中ちゃんは山谷にいたらまずいんじゃないかってずっと思ってたんだよ。そうか、良かった、良かった。なぁ、坂東さん、良かったよね」

「おお、それは良かったな。私はね、中ちゃんに、まぁこう言っちゃなんだが、こんな暮らしからは早く出ていってもらいたいんだよ。とか言いながら、私なんざ、ずっとここにいるんだけどね。中ちゃん、あんた見てると、もっともっとできる人、上に上がってく人だと思うんだよね。そうか、アパートを借りたか。金はどう工面したの？貯めてたのかい？　なかなかやるね」

中島は、坂東が思いがけず優しい言葉をかけてくれたことが嬉しかった。坂東は口調に反して、日頃、辛辣な言葉が多いのだ。後藤が続けた。

「中ちゃんよ。こんなこと言う必要もないけれど、親に連絡してるの？　もうこんな山谷で暮らすような生活も、終わりにすりゃどうなんだい？」

確かに中島にも親のことは気にかかっていた。というより、ずっと親に連絡することを考え、学校に戻ることも考えていたのだった。今はみすぼらしく貧しい生活をしているが、中島の心には、山谷の自由さに溺れているところがある。それは、若いのでいつでも元の生活に戻れる自信があるからだ。

「俺も坂東さんも、前はきちんと生活してたんだぜ。やっぱり、家を持ち、定職を持つことが大事かな」

後藤は言いにくそうにそう言って、それから黙ってしまった。

「中島さん、あんたはなんでここで働いてるの？　もう金も貯めたのなら、家に帰りゃいいじゃないか。十分、一人で楽しんだんじゃないの？」

若い坂井が珍しく口を挟んできたが、そのあと皆、口をつぐんでしまい、沈黙が続いた。それを破ったのは賑やかな坂東で、何か一言、明るい調子で言い、それからそれぞれの仕事に散っていった。

中島は電動ノコギリで板を切っていた。この頃にはノコギリにも慣れてきて、今日は仕事を任されていた。電動ノコギリの音が工事現場に響く。巨大な穴の底はコンクリートで固められ、そこから髪の毛のように細い鉄筋が生え出ている。クレーンがゆっくりと動いていき、現場監督の高い声が響き渡る。静けさの中に、機械の音や甲高い声、電動ノコギリで板を切る音が響いている。働く人達はうつむいて黙々と仕事をしていた。空は青く、雲一つない穏やかな空だった。

その日、中島はアパートに帰ると、とある作家の全集を取り出した。以前、親に「退廃的だから」と読むことを禁じられていた本だった。いつか読みたいと思っていた本を、こんな状況の時に読むことになるとは思ってもみなかった。夜が更けるにつれ、本に書かれている内容が心に滲み入ってきて、中島はその世界に浸り切った。

夜更けに女性のハイヒールの音が、コンクリートの廊下に響き渡った。そっとドアを開けて見てみると、女性は向かいの部屋に入ったようだった。中島の隣の部屋は親子が借りていて、時に酒に酔った父親が真夜中に大きな声で叫ぶことがあった。

外に出てみると、昼間の暑さはすっかりなくなり、爽やかな秋の風がそっと吹いていた。空を見上げると、都会にもかかわらず星が瞬いていた。道を通る者はほとんどいない。寂しい街だが、中島は五月に家を飛び出て以来、やっと落ち着くことができる場所を見つけたのだった。

次の日、工事現場に行くと、中島に対する周囲の空気が変わっていた。坂東も後藤も、坂井を褒めることが多くなった。

「坂井君、よくやってるよね。やっぱり若いと仕事が速いよ。前には、仕事を頼むとぶつぶつ言ったりしてたけれど、この頃は気持ち良く返事してくれるよ」

坂東が以前と違い、そんなことを言った。坂井も、「坂東さん、俺に任せなよ」と言って、よく坂東を手伝ってやっている。後藤もそんな坂東に相槌を打ち、中島に話しかけることはなくなってきた。それどころか、傍にいてもむっつりと黙っていることが多くなった。中島はクリーニング店の誘いを断ったので悪い気がしていたが、気持ちは変わらなかった。

一方、中島の読書は進んでいった。ずっと読んでみたかった本なので、それが実現したから嬉しかった。しかし、いざ実現すると目標がなくなり、本の内容は良いのだが、こんなものかと拍子抜けするような気持ちにもなった。

別の作家の全集に、こんな話があった。ある男が橋の下にいて、その橋を別の男が通るというその描写を、橋の下から見たまま書いてあった。橋の下という角度から人を描写することなど、中島には思いつかなかったので新鮮に思った。大正時代の古い小説の実験的な記述だった。


ある日、中島は仕事を休んでしまった。だらしないところがあるので、仕事は無断で休むまいと決めていたのだが、その日はズルズルと休み、一日が終わってしまった。次の日、工事現場に行って監督の江藤に謝ったが、特に咎められることはなかった。日雇いの仲間達は、割とそんな風に無断で休むことがあったからである。

それから数日して、また中島は仕事を休んだ。そして次の日、中島は現場に行って監督に、仕事を辞めさせてもらいたいと申し出た。江藤は優しい男なので、中島を引き止めることはしなかった。

中島には貯金があったので、しばらく仕事を探さないことにした。金がなくなったら、また山谷の寄せ場に行けばすぐに働くことができると思っていた。

中島が仕事を辞めてから一週間が経った。秋の長雨で、ここ二日間、雨が続いていた。ドアをノックする音が聞こえたので開けると、坂東が立っていた。

「ちょっと待っててな」

坂東はそう言ってアパートの外に出て行くと、江藤監督と坂井を連れてきた。

中島が三人を部屋の中に招き入れると、江藤が部屋の中を見回して言った。

「へぇー、中島君、いい所に住んでるなぁ。ここで自分のやりたいことをして休んでるわけだ。あんたはいいよな。俺なんか女房がいるから、とても仕事は休めないよ。ともかく元気にしてるみたいだな。あんたの顔を見て、俺も安心したよ。な、坂東さん、俺達、中島さんはどうしてるかなぁって、いつも話してたんだよな」

「そうですよ。中島さん、あんたはいつも真面目に働いてくれて、評判が良かったからね。それが最近、休むようになって、そうしたら仕事を辞めたって聞いたから、どうして辞めたのかなぁ、どうしてんのかなぁって思ってたんですよ」

坂東は相変わらず賑やかにしゃべるが、坂井は二人の陰で黙っていた。

「でもね、こうして急にお邪魔して悪かったかなとも思うんですよ。中島さんにもやりたいことがあるんだろうしね。そんなことは、俺達にもわかるからね」

「いやぁ、実は大山の親父がね、一度中島君の所に行って、どうしてるか見てこいよって言うもんで、こうして坂東さんと坂井君に頼んで一緒に来てもらったんだよ。大山の親父も、若い中島君が一人でアパートを借りてやってるって言うんで、ちゃんと食べてるんかな、って心配してるんだよ。それで、こうしてお邪魔したってわけだ」

中島は、D建設の大山親方がそんなに自分を気遣ってくれているとは思ってもいなかった。学校に通っていた頃は当然、周りはみんな若い人達で、クラス内も受験競争の続きみたいなもので、互いに競い合うばかりで、田舎から出て来た中島の傍には、彼を心配してくれるような人はいなかった。だから中島は、大山の親方が心配してくれていることを意外に思い、嬉しかったのである。

だが、これだけ休むと、もうあの現場に復帰する気にはとてもなれなかった。江藤達も、中島が復帰することを望んでいる風ではなく、現場に帰って来いとは言わなかった。そして、中島が気になったのは、後藤が来ていないことだった。

「後藤さんは、仕事に来てるんですか？」

と中島が聞くと、

「ああ、相変わらず仕事してるよ」

と、坂東が安心する返事をした。江藤は中島に、これからどうするのかと聞いた。

「僕は今、本を読んでいます。高校時代からずっと読みたいと思ってた本なんです。そして、また学校に戻ろうかと思っています」

江藤も坂東もそれに対しては何も言わなかった。自分達には想像もつかない世界の話だからかもしれないし、そんな中島のような若い男が、これまで日雇いをしていたのを不思議に思ったからかもしれない。

中島の部屋には客に出せるようなお茶もろくに置いていていなかったので、三人はしばらく話をすると、腰を上げた。

「では、中島さん、また現場に顔を見せてくださいよ。別に働かなくてもいいからさ。ちょっと顔を見せてくれたら、私らも安心するしさぁ。なんだか、仲間がいなくなると寂しくてさぁ」

と坂東が言った。

「中島君、俺の所でよく働いてくれたよな。俺は何もできなかったけど、中島君達のおかげで工事も本当によく進んだよ。大山の親父も喜んでるよ。じゃあ、中島君、これからも頑張ってくれよな」

江藤は少し声を詰まらせながらそう言って、部屋を出て行った。

中島にとっては突然の予期せぬ友人達の来訪だった。彼は自分のことで精一杯で、他の人を顧みる余裕もなかったので、そんな自分を訪ねてくれたことが嬉しかったし、心に温かいものが残った。一度D建設に誘われはしたが、ほとんど話をしたこともない大山の親方が中島を気にかけて、訪ねてやってくれと言ったということも本当に嬉しく思った。中島は皆がいなくなったあと、しばらく声を出さずに泣いた。

中島には帰れる場所がある。もはや気持ちの上で、工事現場に戻るつもりはなかった。そこは中島の帰る世界ではないのである。現場監督の江藤も何かと中島を気にかけ、声をかけてくれた。日雇いの中島達に、一番身近に接するのが江藤だった。よく社会問題的なことや政治の話をして、中島に意見を求めたりもしてきた。それもこちらの気持ちをほぐすためだったのだと、中島は今になって思う。中島はおっかなびっくり、恐れながら日雇いの世界に入っていったが、そこは本当に温かな世界だったのだ。坂東も自分の生活が破綻して大変なのに、中島の行く末を心配していた。坂東は、もっとこうすればとか、早く大学や親のもとに帰ればいいのにと中島のことを思っていたのだが、自分の身を顧みると、言うことはできなかったのだろう。

中島が住んでいるのは、四畳半と台所の付いた小さな部屋だ。アパートの外はあくまでも静まり返っている。入居者は単身者がほとんどだから、夜になると余計に静かになる。貧しい中島は、段ボール箱の上に本を置き、読み始めた。それでも、昼間皆が訪ねてくれて覚えた感動の余韻は心の中にあった。

九

金がなくなると、中島は山谷の寄せ場に行って仕事を探した。山谷と全く関係がなくなったわけではないのだ。

その日、仕事が終わったあと、中島は山谷の酒場に入った。店の中は電球が灯り明るいものの、タバコの煙や何やらで煙っていた。壁には料理名が書かれた赤色で縁取った短冊がたくさん掛かっている。カウンター席もテーブルも仕事帰りの労務者でふさがっていて、ワイワイという騒音でいっぱいだ。

中島は一人で飲むことが多く、その日も一人だったが、隣に中年男が腰かけてきて、酒を勧めてきた。

「あんた、この街で働いてるのか？」

「ええ」

「若いのにここで働くとは、ある意味、大したもんだね。ほら、この酒場の雰囲気、ここが山谷だよ。あんた、今までこんな人達を見たことなかったんじゃないの？　みんな一生懸命ってところかな。人生いろいろあるからね。いい時もあれば悪い時もあるのさ。人間は、悪いとなると、とことん堕ちていくからね」

　ジャンパー姿の中年男の声には活気があった。紺色のジャンパーは、山谷で目立たない部類の服装だ。

「なぁ、兄ちゃん。ここで飲んでると、俺はうちの会社の奴らのことを思うんだよ。一度ここに来てみろっていうんだ。ここを見ろっていうんだ。会社での奴らの姿は小ぎれいなもんでよ。でも、人間もここに来ると本当に、ありのままの姿が見えるんだよ。みんな生きるのに精一杯だ。わかりやすいよ。お金かな。お金が第一だよ。でも、みんな人生につまずいて落伍した人ばっかりだ。そこからなんとか這い上がって、自分を馬鹿にした奴らを見返してやりたいって思ってるんだ」

　中島には、なぜこの男が自分に話しかけてきたのかわからなかった。男は細身で、インテリ臭い雰囲気を感じた。ということは、この男も人生に落伍してこの山谷まで堕ちてきたのだろうか。

料金受取人払郵便

新宿局承認

3971

差出有効期間
2022年7月
31日まで
（切手不要）

郵便はがき

1 6 0-8 7 9 1

1 4 1

東京都新宿区新宿1－10－1

(株)文芸社

愛読者カード係 行

ふりがな お名前		明治 大正 昭和 平成 年生
ふりがな ご住所	□□□-□□□□	性別 男・女
お電話 番 号	（書籍ご注文の際に必要です）	ご職業
E-mail		

ご購読雑誌（複数可）	ご購読新聞
	新

最近読んでおもしろかった本や今後、とりあげてほしいテーマをお教えください。

ご自分の研究成果や経験、お考え等を出版してみたいというお気持ちはありますか。

ある　　ない　　内容・テーマ（

現在完成した作品をお持ちですか。

ある　　ない　　ジャンル・原稿量（

名			
買上 店	都道　　　　　　　市区 府県　　　　　　　郡	書店名	書店
		ご購入日	年　　月　　日

書をどこでお知りになりましたか?

1.書店店頭　2.知人にすすめられて　3.インターネット(サイト名　　　　　　　)

4.DMハガキ　5.広告、記事を見て(新聞、雑誌名　　　　　　　)

の質問に関連して、ご購入の決め手となったのは?

1.タイトル　2.著者　3.内容　4.カバーデザイン　5.帯

その他ご自由にお書きください。

(　　　　　　　　　　　　　　　　　　　　　　)

書についてのご意見、ご感想をお聞かせください。

内容について

カバー、タイトル、帯について

弊社Webサイトからもご意見、ご感想をお寄せいただけます。

協力ありがとうございました。

お寄せいただいたご意見、ご感想は新聞広告等で匿名にて使わせていただくことがあります。

お客様の個人情報は、小社からの連絡のみに使用します。社外に提供することは一切ありません。

書籍のご注文は、お近くの書店または、ブックサービス(0120-29-9625)、セブンネットショッピング(http://7net.omni7.jp/)にお申し込み下さい。

「会社じゃ、仕事がうまくいけば喜び、上司に怒られれば悔しがる。予算があり、決算があり、一年が過ぎていく。仕事に始めがあり、終わりがあり、一年が過ぎていく。でもそんな表面的なことじゃなく、この山谷では人生で報われない男達があがいてるんだよ。本当に人から虫けらのように扱われて、わずかの金をあてがわれて、こき使われてる。人生の悪いサイクルに捕らわれて、そこから抜け出ることができないんだよ」

男の話はなんだか青臭い人生論になってきた、と中島は思った。中島には、自分はいつでもここから抜け出ることができるという気持ちがあるが、山谷ってそんな所なのかとも思った。

突然、近くの席の男が大声で怒鳴った。何を言ったのかは聞き取れなかったが、中島は驚いた。顔色を変えた中島を気遣って男が言った。

「いい、いい。大丈夫、大丈夫」

それほど中島の驚き様がひどかったのだろう。

「この山谷にはな、考えられないような奴もいるんだよ。中には博士みたいに偉い奴もいるし、気のいい奴もいる」

中島にとっての、後藤や坂東みたいな人達なのだろう。

「社会にはこういう場所があるんだって、会社の奴らに見せてやりたいよ。そうすれば、会社も変わるんじゃないかな……」

中島には、泥臭いけれど心に残る言葉だった。

中島は、今や世間の普通の会社員の普通の生活に対する憧れが出てきた。工事現場で働いていても、大手建設会社の社員や監督達からは、日雇い労務者は関わってはならないもの、一段低いものと見られ続けた。後藤や坂東も、建設会社の社員に言われるまま逆らうことなくやっていた。けれどもこの男は、そういう山谷の人達を見ろと言うのである。山谷で生きる人達を顧みる価値があると言うのである。

「あんたは学生だろ？　見てわかるよ。いつかはこの街を出て行くんだろう？　社会に戻っても、この街のことを思い出してくれよ。社会にはこんな所もあるんだと知ったことは、あんたにとって価値があるんじゃないかな。俺だって、時々この山谷にこうやって戻って来るんだよ。俺は昔、ここで働いてたんだ。あんたと同じようにな。

そして、今はこの街を出て普通の社会に戻った。けどな、いくらきれい事やうまい事を言っていても、結局、俺は会社には馴染めないんだ。こんなことは嘘だ、今起こってることは嘘だって思ってしまうのかな……」

男の話はちょっとくどくなってきた。けれどその話を聞きながら、中島は堕ちる所まで堕ちた自分も、親に連絡を取り、謝ってもう一度学校に戻る時だと、しきりに思っていた。

十

中島は東京を発って大阪に戻って来た。親に連絡を取ると、親は無事を喜んでくれた。行方が知れなくなっていた息子を本当に心配していた。大学に入り、元気で暮らしているものとばかり思っていたのに、それが半年近くも消息不明だったのだ。

親に連絡を取ったあと、中島はしばらく大阪で暮らし、親のもとに帰ることにした。

中島の故郷は、大阪から急行に乗って三時間ほどの距離にある。

ディーゼル車が都市を出ると、家もまばらになり、田畑と山並みの続く風景に変わった。故郷から大阪には、ディーゼル車かバスで行く。初めて大阪に行った時は親が送ってくれたが、その時、中島は晴れやかな気持ちだった。ところが今は気が重く、中島は心の中で、どうなることかと思っていた。親に謝って、許されるなら学校に戻りたいと考えていた。

故郷の家に着くと、両親が喜んで出迎えてくれた。親も子もまるで夢の中にいるような心地だった。家に入り、両親の前に座って中島が頭を下げ謝ると、二人とも「そんなことはいいから」と言って許してくれた。突然、大阪の下宿を飛び出して、ずっと連絡も取らず心配をかけたのに、何も咎めることなく許してくれたのである。中島は心底自分を責め、取り返しのつかないことをしたと思った。

中島は、大学に復学することができた。今度こそ卒業しようと思い、真面目に学校に通うようになった。

しかし、同級生だった者達はすでに最上級になっていて、就職活動に忙しく、中島とは交わりがなくなっていた。今の中島の周りは年下の学生ばかりで、学校には戻れたものの、彼は鬱々とした日々を送っていた。そのような時、以前から誘われていたキリスト教会に行くことを決心した。

その教会は、大阪では有名なN中央公会堂で集会を持っていた。何年か前に一度だけ行ったことがあるのだが、その時は自分の考えとは合わないと思い、中島は集会の途中で部屋を出た。

中島が改めて行ったその日は、伝道集会がある日だった。正面玄関は大きな黒い木の扉で、中に入ると歴史を感じさせる壁や天井だった。教会は、その公会堂の二階の一室を借りて集会を行なっていた。

部屋のドアを開けると、数十名の人がすでに集まっていて、もう集会が始まるところだった。案内の男性に導かれ、席に着く。数曲の聖歌を歌ったあと、まだ若い牧師が出て来て、聖書の話をした。中島はあらかじめ、「キリストを信じる」と心に決めてここに来ていた。

話の最後に牧師が、未信者にキリストへの信仰の決断を迫ったので、中島は「キリストを信じます」と手を挙げ、決心を示したのだった。

中島が、学校に通いながら日曜日は教会に集うという生活を始めてから半年ほどが過ぎたある日、電車を降りて大阪のU駅の通路を歩いていると、ある男が目についた。

——あの人だ!

その男は小柄で、短髪であごひげを生やしていて、その耳の穴にはあろうことか五百円玉を入れているではないか。後藤だ。

駅の雑踏を、後藤は歩いて行く。中島には懐かしいという気持ちがあった。けれども今は、やはり住む世界が違い、話しかけるのはよくない気がした。話しかけたいのだが、拒絶されるのではないかという気持ちもあり、躊躇した。

後藤は中島のほんの前を歩いている。中島は本当に懐かしく、声をかけてもう一度話をしたいと思ったが、自分の家族のことも思うと、やはりそれはできなかった。

小柄なその男は、軽い足取りで雑踏の中に消えていった。彼がまた日雇いをやるのなら、大阪にも貧民街があるから、そこに行くのだろうか。いや、本当はその男が後藤かどうかもわからないのである。それは夢の中の出来事のようだった。

ある日、教会の伝道集会で若い牧師が語った。

「神は、このように道徳の乱れた悪い時代にあって、あなたに語りかけられます。私のもとに戻りなさいと。それも、あなたの耳元で、神がはっきり語りかけられるのです。私もかつて、神の声を聞きました」

中島はこの言葉を聞いて、もやもやとはっきりしない自分の信仰も、神の言葉を実際に聞けばはっきりするのではないかと思った。中島には、神が起こす奇跡を信じることはできなかった。けれど、以前に読んだロシアの小説のように、神が実際に働かれることを自分も体験できるのではないかと思った。

春、中島は学校が休みになったので、故郷に帰った。故郷の家の周りはまだ開けておらず、田畑や野原だけである。中島は近くの小さな山の上の公園に行って祈り始めた。周りに人は誰もいない。

「神様、あなたがおられるのなら、私の祈りに答えてください。語りかけてください」

真剣に祈っていると、一筋の風がすーっと頬を撫でていった。中島には、風が過ぎてゆくのがはっきりわかった。この風を、中島は祈っている自分への神の答えだと思った。

これまでの体験を顧みると、中島はひょんな事情から日雇いの街に住むことになった。それは、堕ちる所まで堕ちたということだろう。しかし中島は今、神が自分に答えられ、自分の近くにおられると思った。今、中島は底辺から、神のもとにまで昇っていったということになる。

「キリストは、神の御姿であられるのに、神としてのあり方を捨てられないとは考えず、ご自分を空しくして、しもべの姿をとり、人間と同じようになられました。人としての姿をもって現れ、自らを低くして、死にまで、それも十字架の死にまで従われました。それゆえ神は、この方を高く上げて、すべての名にまさる名を与えられました。」

〈新約聖書「ピリピ人への手紙」2章6節～9節〈新改訳2017〉〉

イエス・キリストは、十字架にかかられ、死なれることにより、黄泉にまで下られ、さらにそこから、神のおられる天にまで昇られた。キリストは、黄泉という最も低い所から、天という最高の地位にまで帰られたのだ。

中島も、一般の人に蔑まれている山谷の生活から、神に祈るという行為により最高の地位にまで引き上げられた。自分にとって大切なことは、地の底辺まで堕ちたことではなく、天の神の御座にまで上げられたことだ、と中島は思った。

十一

月日が経ち、中島の生活も変わった。大学を卒業し、会社に勤めるようになり、平穏に日々が過ぎていった。しかし、安定した生活の中で時々、こんな夢を見ることがあった――。

夜はまだ明けていない。中島は日雇い達の寄せ場に行き、仕事を探すつもりだった。

行ってみたが、そこにはまだ誰もおらず、食事を売る屋台の明かりだけが煌々とついていた。いろいろな屋台が、大きな円を描いて並んでいる。中島は山谷を離れてずいぶんと月日が経っていたので、その光景はもはや記憶の遠くにあり、すっかり忘れていた。

店は円の内向きに並んでいて、屋台の隙間から内側に入ると、そこにはもう一列やはり円を描いて屋台が並んでいて、二重の円になっていた。辺りが暗いので、その一角だけが明るい。それぞれの店の中や食べ物もはっきりと見え、明るく輝いている。食べ物の値段は安い。煮物はグツグツと煮え、良い匂いを放っていた。おにぎりやパン、飲み物も豊富に並んでいた。

店の者達は、笑っている者もいるが、無表情の印象を受ける者もいた。そういう人達は日雇いの男達をどこか蔑んでいるのだろうか。その表情は硬かった。

日雇い労務者達も手配師達も、まだ集まってはいない。賑やかな話し声も聞こえてこない。中島は一人で屋台の間の通路を歩いていた。懐かしさが心に湧いてきて、いつまでもこの場所にいたいと思った。

ふと気がつくと、店の外側に霧が立ち込めてきた。中島は明々と輝く店の明かりの中に一人でいる。誰も屋台の一角の中に入って来ない。店の者達が何やら中島に語りかけてきた。今度は皆、笑顔である。中島はいつまでもそこにいたかった。

中島の心に、山谷の酒場で語りかけてきた男の顔が浮かんだ。山谷から出て行き、普通の会社勤めをしながらも、男の足はつい山谷に向かい、懐古の念を心に抱いているのだ。それと同じような中島の思いを、今の彼の周りの人達はわかりはしないだろう。中島の特異な経験から来る思い入れと考えは、やはり誰にもわからない。

中島の夢の中に浮かぶ光景は、明るく輝き、彼を包んでいた。

セイヨウタンポポ

一

「校門の外で、お母さん達が集まってるわよ」

生活指導主担の大沢が、低く押し殺した声で、まだ若い男性教師、中山にそう告げた。参観授業と懇談会が終わった小学校の放課後のことである。

中山が怪訝そうな顔を大沢に向けると、大沢はさらに言う。

「懇談では、お母さん達の気持ちが収まらなかったのよ。Aさん、Bさん、たくさん集まって賑やかなことよ、きっと」

「何を話してるんですか?」

「佐田さんのクラスのことよ。生徒のCが佐田さんの言うことを聞かないから、クラスがいつも落ち着かないのよ」

中山は六年生を受け持っているが、佐田というのは五年生を受け持つ、中山より年上の男性教師だ。夏休みが終わってから、この佐田のクラスがどうかした拍子に騒がしくなることが多く、目に付くようになってきた。職員室に佐田がいない時、誰かが佐田のクラスのことを話題に挙げるようにもなったが、誰も彼のクラスがそれほど深刻な状態になっているとまでは思っていなかった。

大沢に話を聞いたあと、中山が用事で職員室の外に出た時に校門の方を見ると、五、六人の母親達が何か話している様子が見えた。一人が興奮した様子で他の母親に話しかけている。明らかに普通ではない。中山は職員室に戻ると、もう一度、大沢に聞いた。

「佐田さんのクラスで何があったんでしょうか？」

大沢は少し考えていたが、こう答えた。

「この前の授業中に、Cが教室内を立ち歩くので、佐田さんが注意したんだけど、Cは聞かなくて、だから佐田さんは厳しく怒ったのね。でもその言葉がひどかったものだから、余計にCが逆らって、そのうちに他の子も逆らい出して、収拾がつかなくなったのよ」

中山も、佐田が子どもに注意をしているところを見ていて、彼の言葉遣いの荒さに驚いたことがあった。それは普段の佐田が穏やかな印象だったからだ。叱られている子どもを見ると、佐田の言葉で余計に反抗的になったようなので、これはまずいなと思った。それにしても、校門にいる母親達の様子は不気味に思えた。

中山が、今度こそ用事を済ませようと再び職員室を出ると、ちょうど体育館のクラブ活動が終わったようだった。この小学校では放課後のクラブ活動が盛んで、特に男子を参加させ、非行に走らせないようにしていた。

中山が用事を済ませて職員室に戻ると、大沢はもういなかった。今日も子どもの家を訪問しているのだろうか。生活指導主担の大沢は、自分のクラスを持たず、学校に登校しない子、遅刻をよくする子、非行に走る子ども達の面倒を見る役である。

ここ数年、学校に来られない子、学校に来ることを渋る子が増えてきた。大沢は毎朝、校門や子どもの下足室で、子ども達の登校を見守っている。そして、学校に来ない子の家に電話をしたり、その家に出かけたりしていた。

中山は仕事の区切りがついたので、帰宅するために学校を出た。夕日はもう山並みの向こうに沈んでいる。川沿いの土手を自転車で走ると、茜色に染まった空が大きく川の上方に開けて、気持ちが晴れ晴れした。しかし、家に着くと、部屋の中はしんと静まり返っていた。

二

佐田はこの小学校に転勤してきて二年目で、まだ日が浅かった。一年目は学校に慣れることに夢中だったが、子ども達も佐田の指導についてきてくれた。一度、校長から佐田の言葉遣いについて注意を受けたことはあるが。

二年目は前年よりも上の学年の子達を持ち、高学年だったこともあって身構えていたが、前担任に逆らっていたということで目を付けていたCが、だんだん佐田の言うことを聞かなくなってきた。注意をすると反抗はさらにエスカレートし、抑えが利かなくなった。するとクラスの他の子達も、Cが荒れているのと同調して騒ぐようになってしまったのである。

他の先生から忠告を受けた佐田が、Cの親に授業を見に来てくれるように連絡したので、ある日、Cの両親がやって来た。するとCの行動は落ち着き、普通に学習しているように見えた。親も我が子の様子を見て、うちの子のどこが騒がしいのかと首を傾げて帰っていったのだが、親の目がなくなると、またCは落ち着かなくなるのである。

佐田にも、子どもには強く言って従わせないといけないということはわかっているのだが、子どもは佐田の態度を見越して、かえって悪さをするという面も見られるようになった。

何日か前の懇談会でも、親から授業中の子どもの態度について質問が出たので、佐田がクラスの状態を説明すると、親からはさらに厳しい意見も出たが、最後には「もう少し様子を見る」ということでその場は収まった。

懇談会が終わって職員室に戻ると、気まずい雰囲気が佐田には感じられた。夕方、大沢が子どもの家の訪問から帰ってきて、佐田にクラスの様子を聞いてきた。佐田が現状を語ると、大沢は、佐田のクラスの母親達が懇談会後に校門の外に数人集まり、話をしていて、不穏な雰囲気を感じたと教えてくれた。

大沢は佐田に、自分も前の学校で子どもが言うことを聞かなくなり、大変だったということを話した。大沢がその時に持ったクラスは六年生で、卒業の時までずっと反抗に手を焼いて、どうしたらいいのか途方に暮れるところまで追い詰められたと言った。佐田は、そんなことまで語ってくれた大沢に親近感を持った。


佐田は今、どのようにCに対処していいのかわからなくなっていた。子ども達を力で抑えつけようとするのだが、実は虚勢を張っているだけであり、その裏にある佐田の弱い部分を子どもに見透かされているようだった。

佐田はこのクラスを受け持っているうちに、前の学校とは違い、子ども達が一筋縄ではいかないことに気づき、それを思い知らされていた。

自分は熱心な教師だと思っているが、いくら良いことを言っても偽善になっているのではないか、正しいことを言う裏で、正しくないことをやっているのではないか、そう思い、迷いが出てきていた。

佐田はバスケットボール・クラブの指導のために体育館に行った。体育館では四十名ほどの子が練習をしていて、中には髪を金色に染めてる子もいる。約四十名の中の二人は佐田のクラスの子だ。そのうちの一人は、細く長い腕と足をうまく生かして、熱心にゴールへのシュート練習をしていた。

指導者はもう一人いる。若手男性教師の太田だ。大きな声で子ども達に指導していて、子ども達は元気良く「ハイ」「ハイ」と素直に答え、よく統率が取れていた。

三

「Dの家に行ってきます」

中山は同じ学年の女性教師に声をかけた。

「大変ね。早く子どもが来るようになったらいいわね」

同僚の教師は中山を励まし、明るい声で送り出した。

男子生徒のDは、日中は自宅から少し離れた所にある祖父母のアパートで過ごしている。中山は生活指導の大沢と話し合い、彼女に勧められてこのアパートを訪ねることにしたのだった。

祖父母の家がある二階に行き、中山がドアの外から声をかけると、Dの祖父が笑顔で出て来て、奥にいるDを呼んでくれた。

中山はDに会えるかどうかを心配していた。Dは今、学校に来ていない。彼は一学期にも休みがちになった時期があったが、中山が訪問して話をすると、ほとんど休まなくなった。しかし二学期になって、十月の運動会が終わるとまた休むことが多くなり、周囲を心配させた。中山は、運動会の頃にクラス全体に落ち着きがなくなり、子ども達が反抗的になった時期があったので、そのことがDの気持ちに影響し、学校に来なくなったのかと思っていた。そうだとすれば、中山に責任がある。Dが学校に来なくなった原因が、中山かクラスの子ども達にあると考えると、中山は気が重かった。

だから、Dが玄関まで出て来たことが意外だった。とはいえ、Dは中山に何か聞かれれば答えるが、自分からは話すことがないのが気にかかった。

そうして二十分ほど玄関先で話していたが、Dと中山の心が通い合うことはなかった。

学校に戻り、大沢に結果を報告すると、彼女は中山にこう語りかけた。

「そうなの、やっぱり。でも、まずDと会えただけで良しとしましょう。中山さん、これからもDを訪問しないと駄目よ。とにかく何回も訪ねること。面倒がっていては駄目。それで、次はいつ行くの？」

中山はまだ若いということもあり、Dのように個別に家庭訪問をする必要のある生徒を持つのは初めての経験だった。もっとさかのぼれば、中山の子ども時代は、問題のある子はほとんどいないか、いたとしても表面にその問題が出てくることはなかった。

次の日、中山は校長室に呼ばれた。校長はDのことを中山にいくつか聞いたあと、Dの家庭の事情を語り出した。

Dの家は、中山が訪ねた祖父母が住むアパートの近くにあり、両親とDの三人で暮らしている。Dが学校を休み出したのは低学年の頃からだ。理由はわからないが、一日休むと、その後続けて何日か、あるいは何週間か休むことが多かった。校長は、Dが休み続けないように気をつけて支援するようにと中山に言った。

「中山君、Dは君のちょっとした言葉遣いで家に引きこもってしまうぞ。もちろん、教師が原因なだけではなく、今までには友達が原因の時もあった。いろいろな場合があったが、ひょっとしたらDはそれらを学校に来ない口実にしているかもしれないんだ。それで、君にはご苦労だが、Dに声をかけ、言葉に気をつけて、学校に来るように誘ってやってほしいんだ」

校長にそう言われ、中山は深い穴に陥るかのような不安を感じた。

Dは一見、可愛らしい子どもだ。少し太っていて、頬にはえくぼがある。その子が今、学校に来ていなくて、それを来させることが中山の仕事になっている。また、中山のDに対する態度や言葉が、逆にDを学校に余計に来させなくする恐れもある。校長は中山にDを託したのである。

中山はそれから毎日、放課後にD宅を訪問することにした。そんな中山を、大沢は励まし、声をかけてくれた。大沢は自身もDの母親に会っているようで、折に触れて中山に、Dに関する情報を教えてくれた。

四

「先生、うちの子は、ちゃんとやってますか？」

クラスの女子生徒の母親、春名が佐田に話しかけてきた。春名は放課後のクラブ活動のうちの一つ、バレーボール・クラブの指導をしているので、よく学校にやって来ていて、娘もそのクラブに入っている。

春名は続けて、最近佐田のクラスで起こったことについてこう言った。

「先生、あれはおかしいわよ。隣のクラスの松尾先生が佐田先生のクラスの子に、『佐田先生に言いたいことがあったら言ってごらん。佐田先生についておかしいと思うことがあったら言ってごらん』って聞いたのよ。佐田先生のいいところを挙げてごらんと言うならわかるわよ。そうしたら子どもだって、佐田先生やっぱりいいな、となるじゃない。でも、おかしいことがあったら言ってごらんなんて言ったら、そりゃあ子どもはいろいろ言うわよ。それに、松尾先生は子どもに言わせただけで、そのあとは何もしてないじゃないの。それじゃあ子どもの心に佐田先生に対する不満が残るのは当り前よ」

佐田は、隣のクラスの松尾が自分のクラスに来て、子ども達に話をしたことは知っていた。佐田のクラスに落ち着きがないので、同じ学年の先生達が話し合って、佐田がいない時に松尾に話をしてもらうことにしたのである。その後、佐田は校長からその時の話を聞かされてはいた。

佐田はちょうどその頃、Cと他の子ども達の行動を抑え切れず、対応に困っていたので、松尾の話がどのような結果になるかと思っていたが、その後も子ども達には変化がなく、佐田の手に余ることに変わりはなかった。

しかし、保護者の春名の言葉には真実味がこもっていて、ありがたかった。春名の娘と、悪さをするCは共にバレーボール・クラブなので、娘も、

「先生、Cちゃんのことは任せて。ちゃんとさせるから。私の言うことなら何でも聞くからね」

と言って、何かと佐田に協力してくれた。

中山や佐田が勤める小学校は、創立して四十年近く経っており、いろいろなことで市内では名が挙がる学校だった。そのうちの一つが、子ども達が荒れているということで、学校としては不名誉なことである。

この学校の近辺は元は水田で、大きなE川の周辺なので昔は水に関わる産業が多かったが、都市化が進み、今や水田も畑もほとんどなくなっている。この学校があるO府のF市全体が、市内に農地がほとんどなくなり、住宅地になっている。F市の北部は六十年代にニュータウンとして開発され、住宅地が広がっていき、南部のE川沿いには工場が多く建っている。この学校はF市南部にあり、工場や倉庫の多い地域である。ところが工場も最近は不振で、住宅地に変わりつつある。そこで、この学校にも新しい住民の子どもが入って来て、児童数が増えていき、全体に落ち着きがなくなってきているのだ。

佐田の同僚教師は、ちょうど子ども達が荒れていた時にここに赴任して来て、生活指導をすると、その指導が厳しいので子供達が教師を襲うという噂が立ち、身の危険を覚えるほどだったと、面白おかしく佐田に語った。女の先生が子どもを抑え切れず、立ち往生するクラスもあった。また、貧困で子どもの面倒を見られない家庭もあり、教師が朝食を食べていない子に職員室で食事をさせることもあった。

子どもの生活指導のため、F市内の数校には生活指導主担が配置されていて、この学校では女性教師の大沢がその任に当たっている。大沢は毎日、学校の始業チャイムが鳴ると子ども達の下足室に行き、下靴の有無によって欠席を調べる。休みがちな子が来ていない時は校長に伝え、大沢がその子の家に電話をし、時には子どもを家まで迎えに行ったりもする。また、登校をしぶって親に連れて来られた子は、大沢が校門で親から引き取り、教室に連れて行き、担任に引き渡す。しかし、中にはごねる子もいて、大沢は足を蹴られたりしながらも、子どもを教室に引っ張って行かねばならない。市内の他の小学校では考えられないことである。

子どもが担任の言うことを聞かない時には、そのクラスの中に入って担任を助けることも必要になってくる。夏になると教室は朝から暑く、子ども達の体も頭も過熱してくるので、大沢はそんな時は子どもを別室に連れて行き、頭を冷やしてやっていた。ある時、大沢は「クールダウンだ」と言って、職員室の冷蔵庫から氷を取り出し、子どもの服の背中に入れてやったこともあった。見ていた周りの者は、妙にその処置に納得していた。

この小学校ではこのような実態故に、子ども達の現状を報告する児童実態交流会が、毎月の職員会議後に行われている。皆、初めは、この会を毎月持つ必要はないのではないかと言っていたが、実際に会を開いてみると、問題の事例が数多く報告され、内容も、大げさではなく悲惨な例が出てきた。その原因が教師の対応の不手際にあるかというと、それればかりではなく、直接的には教師の対応の悪さがあるにしても、その前に子どもの躾、家庭での扱いが原因である場合が多かった。子どもが家庭で構ってもらっていなかったり、放置されていたり、また貧しさも背景にあった。

佐田達教師にとって衝撃的だったのは、家庭から母親が逃げ出し、父親も仕事で子ども達を置き去りにし、子どもの世話をする者がいないため、子ども達の叔母が家を訪れて生活費としてお金を与えている例だった。ところがその金が十分でないため、何ヵ月もの電気代の滞納のあとに電気が停止されたことには、教師達は暗澹たる気持ちになった。豊かなはずの日本において、このようなことがあるとは信じられない思いだった。給食費の滞納も多く、家庭の貧困が子ども達の生活に暗い影を落としているのは事実だった。

そのような実態が会議で報告され、大沢は生活指導の責任者として、対応に追われていた。傍から見ていても大変そうだったが、佐田は大沢に、その事態を乗り越えていく気迫を感じていた。管理職からの要求は、佐田には過大なように見えたが、大沢は折に触れて佐田に情報を入れてくれ、佐田を非難したり叱責したりすることはなかった。佐田も何とか自分のクラスの状態を改善していこうと、いろいろ対策を立ててはいたが、事態は改善しなかった。

五

中山がDを祖父母のアパートに訪ねた次の日も、Dは学校に来なかった。中山は頭の隅に黒いもやがかかっているようで、常に心に不安があり、もやを振り払おうと思ってもそれは不可能だった。

次の日にもう一度、中山はDの祖父母のアパートを訪ねた。奥の部屋で同級生の友人と遊んでいたDは、部屋から出て来ると少し笑みを浮かべた。中山が話しかけると、ポツリポツリと答えたので、中山は自分が彼に何か嫌なことを言ったりしたのか聞いてみたが、はっきりとした答えはなかった。中山は、クラスがザワついていて、子ども達の注意が逸れ、まとまりがないことでDの気持ちも不安定になり、それで学校に来なくなったのではないかと想像することもあったが、この様子ではよくわからない。しかし別れる時、Dはやはりニコッと笑って挨拶をしてくれた。

アパートは、道路から路地に入った所にある。辺りはマンションがいくつか建っていて、道路は広かったが、それほど車の通りはない。所々に工務店があったり、会社の建物があり、他は住宅街に変わりつつある場所だ。以前は広い水田だったため、道路は碁盤の目のように整理されていた。アパートの近くには大きな公園があり、幼児や小学生が遊んでいる。大きな木に葉が茂って鬱蒼としていて、雑草も多く、ベンチが汚れていて、さびれた感じがした。近くには川があり、昔はそこから用水路が田に引かれていたのだが、不用になった今は上をコンクリートの大きな蓋で覆い、歩道にしてある。よく見ると、少し広い歩道が一直線に走っているので、それがこの地域の歴史を示していると言える。

中山は学校に戻り、職員室で大沢に報告をした。大沢は話を聞いたあと、

「何度も家を訪問しないといけないよ。あなただけが子どもを学校に登校させることができるんだからね。私や校長がいくら行ったたって駄目で、やっぱり担任の力よ。Dもあなたの熱意をわかってくれるんじゃないかな」

と言って、中山を励まし奮起させてくれた。中山は、校長も自分が訪問することを期待しているのかと思った。そう思うと、身震いするような緊張が心を襲い、同時に

体も緊張し、無意識にギュッと手を固く握り締めていた。

その夜、中山は同じ市内の小学校に勤める恋人の香織と電話で話をした。中山が不登校になったDのことや大沢のことを話すと、香織は、

「その先生の言ったこと、本当によくわかるわ。あなた、何回も家に行かないといけないわ」

と素直な調子で言った。香織のこういう単刀直入なところが、中山にとっては心地よくもあり、羨ましい部分でもある。

「正人さんの学校も大変ね。私には想像できないところがあるわ。同じ市内で、そんなに離れていない地域なのに、子ども達の様子は違うものね」

香織は中山の下の名前を呼んだ。

香織の学校は、中山の学校とは電車の駅で二つ離れた所にあって、住宅街の中のごく普通の小学校だ。実際、香織には、こちらの学校の難しさはいくら説明してもわからないだろうと中山は思った。ただ、子どもの難しさと、教師の集団とは別である。

大沢や佐田達には熱意があるし、中山のような若い教師が増えつつあり、教師間には活気も出てきているのである。中山はとにかく無我夢中で過ごしているのが現状だが、一方で、子どもの指導が大変でも、若さ故、悠長なところもある。香織には中山の話がとても新鮮に思われ、興味が尽きなかった。

「正人さんの学校の運動会の練習はどう？　組み体操の指導をしているんでしょう？　子どもは怪我とかしていない？」

九月、市内の小学校はどこでも水泳の授業が終わり、今は運動会の練習一色である。六年生の担任の中山は、組み体操の指導をしている。子ども達は一筋縄ではいかないので、中山は気を引き締めて厳しく指導していた。そんな中山を見て、年配の先生が、少し指導が厳し過ぎるのではないかと話していたらしいし、校長も笑いながら、気合が入り過ぎてはいないかと言っていた。大沢などは、あまりに指導が厳しいので中山を止めた方がいいのでは、と言っていたそうである。しかし、今のところ子どもの怪我もなく、組み体操の練習は順調に進んでいて、子ども達が疲れから怠けたり、反抗したりすることもなく、皆、中山の指導についてきていた。

中山が香織と知り合ったのは、故郷に帰るディーゼル急行の中でだった。中山が大学の休みに帰省する時のことだ。G市から出るローカル線の急行だったので、車内には故郷の言葉の訛りや、酒を飲んでいる男達、着飾った家族などであふれていた。中山はその時、向かい合わせの四人掛けの椅子に座ったのだが、その席の一つに香織も座っていた。

中山が声をかけてみると、大学は違ったが同じ学年なので話が弾み、中山が乗り換える駅に着くまでの二時間ほどに、多くのことを話せた。香織はG市の大学の学生で、実家は中山の故郷のI市から幾駅か離れた市だという。中山は女性とこれほど長時間話をした経験は初めてだったが、連絡先も交換することができた。

やがて中山が乗り換える駅に着くと、降りる時に香織が何か言いたそうな顔をしていたのが中山には心残りだった。休みが終わり、大学のあるF市に戻ると、その時のことが思い出されて、中山は香織に電話をし、それから休日に会うことが何回か続いた。

香織は、大学は違うが中山と同じ教員養成の学部であり、就職時、中山が教師となったF市に、偶然にも香織も配属になった。そのため、研修会や労働組合の大会で顔を合わせることがよくあり、中山は励まされたものである。そして、夜には電話もし合うようになり、休日に会うことも多くなっていった。

六

佐田が前に勤めていた学校は、教師が注意をすれば聞く子がほとんどだった。佐田自身も自分の子ども時代、教師に反抗する子などいなかった。だから、この小学校の子ども達は佐田の経験の範囲を超えていた。

佐田は、言うことを聞かない子には厳しく指導して、それでも聞かなければ大声を上げるしか方法を持っていなかった。だから、クラブ活動で若い太田が厳しくすれば、子ども達が言うことを聞くのが理解できなかった。佐田は若手の太田とバスケットボール・クラブを指導している。そのクラブの女子達に、佐田は、

「先生、もっと強気にやらないと駄目だよ」

と言われることがあったが、この学校の子どもの生活環境が子どもの行動に反映しているのだと佐田は思った。太田も、

「佐田先生、バスケットボール・クラブの子をもっと使って、クラスを引っ張っていかせたらいいんですよ」

と言っていた。しかしその子ども達も、最近は授業中に頻繁にトイレに行ったり、体調が悪いと言ってはよく保健室に行くようになっていて、クラブの女子達がクラスの子を引っ張っていくことなど無理な状況になっていた。また、隣のクラスの担任の松尾が、佐田のクラスの子ども達に話しても、特に変化はなかった。

一日一日が佐田には大変な日だった。佐田は子どもが学校にいる間は、職員同士の打ち合わせにも出ず、クラスに張り付くような状態になっていた。そしてある日、校長が佐田を校長室に呼んだ。

「佐田さん、君のクラスの子どもの親が、クラスの状態を心配している。親達はPTAの役員にも言っているようだ。それで、君の学年は三学期に宿泊行事を予定してい

ることだし、君のクラスで臨時の学級懇談会を持ってもらいたいんだが、いいか？」

佐田は、このままクラスの悪い状況を耐えていけば何とかなるのではないかと、わずかな希望を持っていたのだが、いよいよ駄目な様子である。校長にそう言われれば、佐田には従う他はない。しかし佐田には、この学級懇談会がどのような展開になるのか、クラスはこれからどうなるのか、全く見当がつかなかった。

校長と相談して臨時の学級懇談会の日程が決まると、佐田は自分の周囲が灰色の壁に塗り込められたような気持ちになった。学校の外に出ると空も灰色で、今にも雨が降りそうに淀んでいた。プンと工場のにおいもしてきた。近くにある発酵食品の工場のにおいだ。このにおいを嗅ぐと、佐田は何とも言えない気持ちになった。


臨時懇談会が行なわれる夜が来た。暗い空を飛行機が明かりをつけて過ぎて行き、丸い月が東の校舎の陰から昇ってきた。月は広い空を一晩かかって横切っていくのである。自然の中の学校なら見とれるような景色だな、と佐田は思った。

その時、放送で先生達に招集がかかった。近くで凶悪な犯罪が起きたので、子ども達の安全のため、学区内を見回ってほしいという連絡である。こんなことも近年、起こるようになってきていた。

七

中山は、不登校になっているDの自宅を訪問することになった。これまではDが放課後を過ごす祖父母のアパートを訪ねていたのだが、大沢が話をつけたようである。

「中山さん、頑張ってDを訪問してくれているわね。Dのお母さんに話を通したから、Dの自宅を、明日の夜八時に訪ねてくれる?」

大沢は、若い中山のことを認めてくれていたのである。

大沢はDの母親と親しくメールをやり取りできるようになっていた。ただ、Dの母親は勤めに出ている。

「お父さんは仕事が忙しいから、その時間には帰っていないと思うわ」

中山はDの祖父母の所には何度も通っていたが、Dの態度に変化が見えないので内心、焦っていた。一学期にDの登校が途絶えた時、中山が訪問して話をすると、次の日から来るようになった。だから中山は、今回も自宅を訪問することによって少し変化が出てくるのではと期待した。

「お母さんは、あなたと子どもの言動に神経質になってるから、注意してね。Dが学校に来れない理由は私達にはわからないけど、お母さんには薄々わかってるのかもしれない。Dが学校に来ることができない原因は、家庭かもしれないし、クラスの友達かもしれないし、ひょっとして中山さん、あなたかもしれない。こんなことを言ってごめんね。でも、とにかく言動に注意することは必要よ」

こう言われると、中山の心に暗い雲がかかってきた。何か自分が糾弾されているようで、重苦しく、真綿で体全体を締め付けられているような気分である。

「じゃあ、明日夜八時、Dの自宅を訪ねてね。忙しいのに悪いね。私から校長にも一言、言っておくから」

翌日の夜七時半、中山は学校を出てDの家に向かった。秋も終わりに差し掛かり、風はもう冷たい。道路は区画整理されてまっすぐだ。その道路の両側に建ち並ぶマンションの間には、廃棄された倉庫が所々にあり、街は整ってはいるがみすぼらしい印象を受ける。

中山が訪ねていたDの祖父母の住むアパートからあまり離れていない距離にDの自宅はある。碁盤の目のように規則的な道路を曲がり、まっすぐ行くと突き当たりは川になり、その川のほとりにDの自宅のマンションがある。この辺りは結構新しいマンションが多く、夜八時近くにもなると、住宅街なので人通りはあまりない。子ども達もそれぞれ家に帰り、団欒の時を過ごしているからだろう。

近くに川があると、建物の上に空が広く高く開ける。この辺りの上空は、十数キロ離れた所にあるH空港に発着する飛行機の進路に当たるので、旅客機が大きな胴体を見せながら行き来している。そして今夜は空気も冴え、星が瞬き、紺色の空が広がっている。中山は、都市部では珍しく様々な星座を認めることができた。

一方で、明るい街灯や電灯が、新しいマンションを照らし出している。工場や倉庫と水田があったこの地域は、主要な地下鉄であるJ線の駅に遠くないことから、今は次々とマンションが建ち、新しい住民もどんどん入居してきている。

やがて、Dの家があるマンションの明るいエントランスが見えた。煌々と照明が入り口を照らしている。中山がエントランスにあるインターホンを押し、Dの母親に来訪を告げると、オートロックが開錠され、中山はエレベーターに乗った。

Dの家のドアホンを押すと、母親がドアを開け、そこにはDもいた。応接間に通され、中山はDと話をした。母親はあまり話さず、中山に何か要求するでもないので、中山は心が痛かった。

Dは時々ニコッと笑いながら、訥々とだが中山と話をした。しかし、中山はどうにかしてそんなDの興味を引こうと思うのだが、「はい」か「いいえ」の返事だけで、やがて会話の接ぎ穂を失ってしまった。とはいえ、「明日、学校においでよ」と言うのも唐突で圧迫になりはしないかと思い、口にはしなかった。

中山はしばらく話をして席を立ったが、母親が落胆していないかと不安になった。また、Dが学校に来ることができないのは自分のせいではないかと心配だった。応接間から廊下に出た所で、ちょうど父親が帰って来たので、母親が中山を紹介し、父親は軽く頭を下げ、挨拶を交わした。

別れ際、Dは「さようなら」と言ってはくれたが、中山には徒労だったのかという思いが残った。ただ、それは教師の傲慢だった。

マンションを出ると空気がひやっとした。若い体にも冷たく感じ、そのままでは心までが冷えてくるように思った。

中山はその夜、香織に電話をし、自分の持つ不安を彼女に話した。

「そう、それだけ訪問していれば、子どもも心を開きそうなものなのにね。親に原因があるのかしら。親もあまり話をしてくれないみたいだものね」

「でも、僕にも原因があるのかもしれない。クラスの子が、そんなつもりじゃなくてもちょっかいを出して、その子の繊細な心を傷つけることがあるものなぁ。大沢さんはお母さんからいろいろ聞いてるらしいけど、僕には見当もつかないことが多いんだ。例えば、僕がクラスで大声で子どもを叱ったら、関係のないDもビクッとしていたとか……」

「それはそうだけど、正人さんがそのことを謝ったのなら、子どももいつまでも根に持たないと思うけれどね」

中山と香織の話は何も進展はしないのだが、二人は遅くまで電話をしていた。

八

佐田のクラスの臨時の学級懇談会は、夕方五時から始まった。各子どもの席に親が座っているが、ほとんど埋まるぐらいに親は集まっていた。佐田と校長は教室の黒板の傍に座った。これほど親が集まったことが、かえって佐田には何とも心細い状況だった。知った顔の親達もいるが、皆顔がこわばっている。とはいえ、母親同士は顔見知りなので、挨拶を交わし笑い声も起こっていた。

学級委員の親による司会で、懇談会は始まった。男親が発言の口火を切る。

「このクラスでは、子ども達が先生の言うことを聞かないという話ですが、先生にはもっと厳しくやってもらわないと困ります。どうして子ども達は先生の言うことを聞かないのですか?」

　発言者は、真っ黒な口ひげを蓄えた立派な体格の男だ。校長は彼と顔見知りのようで、軽く頷いてこう答えた。

「Iさん、あなたのおっしゃることはわかります。それで、学校でも、子ども達がちゃんと学習を進めることができるようにと話し合っているのです。子ども達も次第に落ち着きを取り戻しているようなので、見守ってやってほしいと思います」

　すると、別の男親が発言した。

「特に男の子が先生の言うことを聞かないらしいが、そんな奴はしっかり叱りつけたらいいんです。少々手荒いことをしてもいいから、静かにさせてください」

　その男の横に座っている妻が、夫の発言に困ったように下を向き、照れ笑いを浮かべていた。

　また他の男親も言う。発言するのは父親ばかりだ。

「うちの娘は、言うことを聞かない子らが授業中うるさいので、先生の授業がわからないと言っています。子どもの勉強がわからなくなったら困るので、静かにさせてほしい。それと、その男の子に何か言うと叩かれて嫌だとも言っている。そのせいで学校に行くのを嫌がったら大変なので、先生には何とかしてもらわないと困るのですが」

佐田も、このことについては発言した。

「乱暴な子がいて扱いが難しいのは事実です。私も、その子の話を聞きながら指導するようにしています。乱暴なことはさせないよう、これからも注意をして見ていきます」

次は女親が挙手をして発言した。

「クラスがざわついています。でも、先生も子ども達の話をよく聞いてやってくれています。私らも、そのやんちゃな男の子を見ていく必要があるのではないですか？娘から話を聞くと、その子達、先生がいない所でもずいぶんやりたい放題をしているようですから」

この女親からの援護射撃により、佐田は心が少し軽くなった。

別の女親が発言をした。

「H君が今、学校に来れていないそうです。先生が大きな声で叱ったのが原因だそうですが、どうなんですか？　先生も厳しいところがあるので、子ども達も困ってるんですよ。H君の所へ、先生は家庭訪問をしてくれているのですか？」

佐田のクラスでも一ヵ月ほど、Hという男子が学校に来ていなかった。佐田は校長に指導されたこともあり、毎朝、始業前にHの家に寄って登校を促していた。本人は玄関には出て来るのだが、あまり話さないし、頑として学校に来ようとはしなかった。そして、佐田にはHが学校に来なくなった理由がわからなかった。

「H君のことは、私も心配です。毎朝H君の家に行って、学校に来るようにと誘っているのですが、来ることができないのです」

Hのことについては、他の親も発言をした。そうして何人かの親が発言したあと、校長が話をした。

「私も佐田先生と、このクラスのことはよく話をしています。この時期の子どもは扱いが難しいのです。私には子どもが二人いて、もう大学も卒業しています。ただ、上の子は仕事が続かなくて職をいくつか替えています。親の私も心配なのですが、どうすることもできません。子どもというのは、なかなか親の思う通りには育たないものです」

佐田は、校長が意外にも自分の子どものことを取り上げて話をしたので驚いた。こんな場面で、自分の家族のことを話すとは……と。

「このように、子どもは思う通りには育たないものですが、私どもは適当な折り合いをつけて、援助の手を差し伸べていく他はありません。今回のことも佐田先生と話をしながら、今の状態を脱するよう努めますので、今後ともよろしくお願いいたします」

親との質疑応答が終わり、校長の話のあと、佐田もしっかりと子ども達の指導をしていくという決意を述べ、懇談会は終わった。親達も自分の思うところを言ったので、あとは様子を見るつもりなのだろう。

その後、校長室で佐田と校長は話をした。校長が言うには、ＰＴＡ会長もこの件には関心を持っているとのことであるが、佐田としてはこれ以上話が広がらないようにと祈る思いだった。

佐田が職員室に戻ると、一緒にクラブを指導している太田が話しかけてきた。

「佐田さん、俺もC達を廊下で見かけたら、こっぴどく叱ってやろうと思うのですが、俺を避けているのか、なかなか会えないんですよ」

太田の学年では、学年で合同の体育の授業をやる時に、よく一人の生徒を先生達が皆で囲んでいることがあった。問題のある子や反抗する子がいたら、学年の先生全員で指導しているのだ。佐田は、そこまでするのは大げさだと思っていたが、太田の学年が合同で体育をやるごとに、そのような光景が見られた。また、問題が起こるたびに学年集会も行なっていた。

太田は、教師になる前はコンピューターを教える専門学校で講師をしていたそうで、やんちゃな青年を多く担当していたという。また、教師になっても太田は服装の切り替えができず、O府全体の研修会で、服装について指導主事から注意を受け、叱責までされたと語った。佐田は、自分にもそんな豪放さがあればいいのだが、と思った。

もう冬になっていた。外の風は肌に寒かった。冬の時期、O府は晴れることが多く、その日の夜も空には雲一つなく、佐田が学校を出る頃には星がいくつも瞬いていた。

自転車での帰路、工務店の前を通ると煌々と明かりがついていて、作業服を着た男達が工具を持ち働いていた。佐田は、受け持っているクラスの子どもの親だろうかと思った。寒い中で屋外で働くのはつらいだろうなぁとも思った。そういえば、周りはペンキ屋や製紙工場など、現場の作業を行う会社が多い。そこで働く男達は、仕事が終わったら酒を飲み疲れを癒やすのだろうか。佐田の生活とは大きく違う。冷たい北風が横から一吹きし、そんな佐田の首筋に当たった。

今日の臨時懇談会が終わったあと、佐田は万策が尽きた思いがした。ここで万事休すとなれば、佐田はこれから教師の仕事を続けることはできないだろう。今、佐田はひたすら頼る者が欲しかった。その者にすがれば必ず導いてくれる、そんな存在が欲しくなった。

川の土手を自転車で走っていると、学校を辞めていった同僚教師達の顔が思い浮かんできた。佐田が持っている学年を去年持っていた女の先生は、子どもが手に負えず教師を辞めていった。今まで何人もの先生が、子どもが手に負えずに辞めていったのだ。その時は、他人事として捉え、思いの中ではその人達を切り捨てていた。けれど我が身に同じことが降りかかってくると、その時の彼らの思いが推測できて、共感を覚えるのである。そして去っていった人達に申し訳なかったという思いが起こってきた。それでも、自分は教師を辞めない、と佐田は思った。

川の対岸を散歩している人がいる。自転車も通り過ぎて行く。暗いけれど何か人と人との触れ合いを感じる瞬間だった。

佐田が自宅に着き、玄関ドアを開けると、妻が何事もないような顔で笑って出迎えてくれた。

九

「そう、正人さんの学校も大変ね。その先生、懇談のあと大丈夫だったの？　そんな臨時の懇談会があって、親達にいろいろ言われたら、私だったら耐えられなくて立ち往生してしまうわ」

「まだまだクラスはざわざわしてるんだけど、前よりだいぶましになったかな。Cという子も、今はそれほどひどくはないようだよ」

中山と香織は、ある休日に公園でそんな話をしていた。こうして時々、互いの学校の出来事を話し合っていたのだが、今日は中山の学校の佐田のクラスの臨時懇談会のことが中心だった。

香織にとっては、管理職も入る臨時懇談会の異常さが心を捉え、経験の浅い香織にすれば、いつか自分にも襲いかかる事態かもしれないという思いだった。

「佐田先生のクラスは、どうして子ども達が言うことを聞かなくなったの？」

「最初に子どもにガツンと言ってやったらいいんだがね、佐田さんはそれをしなかったんだな。僕が思うに、うちの学校の子らは、きつく言わないと言うことを聞かないんだよ」

「正人さんも厳しく叱ってるの？　そんなこと、できてるの？」

そう言われて、中山は組み体操の指導のことを思い返していた。練習の間中、厳しい言葉で子ども達を怒っていた。そうしないと気を緩めたりするからなのだが、そのことを先輩の先生から注意を受け、校長からもくつろいだ席でそれとなく諭された。

けれど、中山が厳しくしたからこそ、組み体操はほとんど怪我もなく終わったのだと中山自身は思っている。

「ああ。僕はあまり厳しく叱るのは本当は嫌だけどね、意識して厳しくするようにしてるんだ。僕は今の学校に来て、そんなことが身についた気がするよ」

冬にしては暑いとさえ感じる日で、公園では幼い子が母親と一緒に遊んでいた。遠くからクリスマスの音楽も聞こえてきていた。

新年を迎え、あと三ヵ月で中山の持つ子ども達も卒業だ。佐田のクラスはなんとか三学期も乗り越えることだろう。中山は、太田や他の男の先生達とうまく付き合っていたので、佐田に何か手助けできればと思っているのだが、保護者と先生の関係が厳し過ぎて、とても間に入れるような雰囲気ではない。それに、中山にしても太田にしても、一歩間違えれば自分のクラスがひっくり返ってもおかしくなかった。だから、ハラハラしながらも佐田を見ている他なかった。

先日、佐田と太田が指導しているバスケットボール・クラブで、男子の喫煙事件があった。クラブの中でもまだ比較的幼い男子が不良の中学生から煙草を一本もらい、火をつけて喫った事件だった。それが発覚し、クラブを指導する先生達が校長に呼ばれ、問い質された。先生達は潔く頭を下げ謝った。その時、女子のバスケットボール・クラブを指導している若い女の先生が泣きだす事態にもなり、太田がその先生を静かに慰めていた。

中山のクラスのDは、相変わらず登校していない。中山はその後も何回か放課後にDの祖父母の家を訪ね、Dと会っていた。十回以上回を重ねると、Dの方も笑顔をよく見せるようになってきた。保健のL先生が、放課後だけでも保健室に登校してもいいよと言ってくれたので、それをDに伝え、勧めると、Dは少し心を動かしたようであった。校長もDのことは気にかけているようで、大沢とよく話をしている。

中山が昨日もDと会うと、何か学校に来たいような素振りを見せた。今は中山のクラスも秋の行事を終え、学期末に向けて学習に打ち込み、落ち着いている状態なので、時期としてはちょうどいい。Dのそんな様子を聞いた大沢が、中山に、

「クラスにDの春が来るかな?」

と呟いた。

中山と香織は、来年の六月には結婚する予定で、こちらにも春が来る。

十

三学期があわただしく過ぎていった。卒業式も終わり、修了式の日が来た。その朝、先生方も身なりを整え、職員室に集まった。やがて運動場に全校生徒が集まり、式が行われた。式のあとは、各学級で通知表を子ども達一人一人に渡していく。

佐田のクラスではCの番になり、佐田が通知表を渡すと、Cは口をとがらせて何か言いたそうだったが、そのまま席に戻った。春名の娘が教えてくれたところでは、Cや他の子ども達は先生に何か言ってやろうと思っていたようである。

子ども達が元気良く教室を出て行った。

皆、表面上は徐々におとなしくなり、佐田のクラスは平静を取り戻した。ただ、子ども達が心の内側を佐田に開いて見せることはなかった。そんな中で、春名の娘は明るく振る舞い、友達に声をかけ、クラスを引っ張って佐田を助けてくれた。

佐田がその日の昼過ぎに校門を出ると、そこで一人の女の子に呼び止められた。女の子はクラスの教え子で、一通の手紙を佐田に差し出すと、

「一年間、ありがとうございました」

と頭を下げた。手紙を受け取った佐田が戸惑っているのを見て、その子は、

「お母さんが持っていきなさいって言うから」

と言葉を添えた。その言葉に少し気落ちした佐田の顔を見て、女の子は慌てて付け足した。

「クラスの○○さんも、春名さんも、みんな、先生にお礼を言おうよって言ってたよ」

そう言うと嬉しそうに笑いながら、その場を去って行った。

佐田が手紙を開けると、クリーム色の紙にメッセージが書かれていて、折り紙で作った小さな花も入っていた。その子の精一杯の好意を、佐田は嬉しく思った。

陽光の穏やかな日、かすかに春の風が吹いている。佐田の心に、温かい思いと、わずかな希望が湧いてきた。

頭上に轟音が聞こえてきた。佐田が思わず顔を上げると、旅客機が着陸の態勢を取りながら通り過ぎて行き、学校の近くの建物の上をかすめるようにして姿を消した。

著者プロフィール

上羽 清文（うえば きよふみ）

大阪府の小学校教諭として勤務。2019 年に退職。

現在は保護司として活動。

他に香川県の小豆島のキリスト教会に月 2 回通い、礼拝の奉仕をしている。

若い時、夏目漱石、ドストエフスキー、フランスの自然主義の小説を愛読し、感銘を受けた。

世界情勢にも興味を持っている。

日の下で

2021年 7 月15日　初版第 1 刷発行

著　者　上羽 清文
発行者　瓜谷 綱延
発行所　株式会社文芸社
〒 160-0022 東京都新宿区新宿 1－10－1
電話 03-5369-3060（代表）
03-5369-2299（販売）

印刷所　株式会社フクイン

ISBN978-4-286-22742-9